Machado de Assis

———

Teatro

Organização e apresentação
Hélio de Seixas Guimarães

———————————

Todos os livros de Machado de Assis

—————

O caminho da porta

—

O protocolo

—————

Comédias em um ato

9.
Apresentação

19.
Sobre esta edição

23.
------ Teatro ------

161.
Notas sobre o texto

163.
Sugestões de leitura

165.
Índice de peças e cenas

Apresentação

Hélio de Seixas Guimarães

Teatro é o segundo livro de Machado de Assis, publicado apenas dois anos depois de *Desencantos*, outra peça teatral. Ele trazia como subtítulo "Volume I", sugerindo o início de uma série que não teve continuidade, ainda que nos anos seguintes tenham saído duas comédias, *Quase ministro* (1864) e *Os deuses de casaca* (1866). O volume foi impresso pela gráfica do *Diário do Rio de Janeiro*, jornal progressista no qual o autor começou a colaborar com mais regularidade no início da década de 1860. O periódico era dirigido por Joaquim Saldanha Marinho e Quintino Bocaiuva, este último personagem importante no início da carreira do escritor e, como se verá, para a história deste livro e a trajetória do dramaturgo.

No início dos anos 1860, solteiro e com vinte e poucos anos, Machado de Assis não só era autor de peças de teatro como traduzia do francês, frequentava a cena teatral e escrevia regularmente em alguns dos principais e mais prestigiados periódicos cariocas, como a *Semana Ilustrada*, *O Futuro* e o próprio *Diário do Rio de Janeiro*. Além das colaborações na imprensa, trabalhava como bibliotecário da Sociedade Arcádia Brasileira, no centro do Rio de Janeiro, e frequentava várias agremiações, como o Conservatório Dramático e o Retiro Literário Português.

Apesar da carreira incipiente, já nessa altura havia preocupação com o estatuto de autor. Nas primeiras páginas, o livro trazia a seguinte advertência: "Estas comédias, embora impressas, não podem ser representadas sem licença do autor". Nota-se aí a preocupação com questões de autoria, num momento em que as garantias legais sobre a produção intelectual não estavam estabelecidas, o que só começaria a ocorrer mais de três décadas mais tarde.

As duas peças que compõem o livro, "O caminho da porta" e "O protocolo", haviam sido apresentadas pela primeira vez no ano anterior, respectivamente em setembro e dezembro. Ambas subiram ao mesmo palco: o do Ateneu Dramático, onde, segundo o próprio Machado, "uma reunião dos nossos melhores artistas trabalha com ardor por desempenhar uma tarefa árdua, gloriosa embora".[1]

O Ateneu e o Ginásio Dramático eram os locais do Rio de Janeiro que realizavam o que o jovem dramaturgo via como as duas principais missões do teatro: a moral e a poética. O teatro como "escola de costumes" e "força de civilização" era considerado vital por Machado de Assis num país de pouca educação formal e muito suscetível à produção estrangeira. As peças mais elaboradas, no que diz respeito tanto à reforma dos costumes quanto à qualidade do texto, eram valorizadas por ele como instrumentos para combater o teatro de escândalo, que repudiou de modo veemente em muitos de seus escritos das décadas de 1860 e 1870.

---

1. Machado de Assis, *O Futuro*, Rio de Janeiro, 15 set. 1862. Cf. João Roberto Faria (Org.), *Machado de Assis: Do teatro. Textos críticos e escritos diversos*. São Paulo: Perspectiva, 2008, p. 278.

"O caminho da porta" teve várias apresentações no Ateneu. Ali, em 26 de setembro de 1862, a peça foi vista pelo imperador d. Pedro II e por sua mulher, d. Teresa Cristina. Há registros de várias outras apresentações no Rio de Janeiro e em São Paulo — o que à época era um fato raro —, onde foi à cena em setembro e outubro de 1862. "O protocolo", apresentada no Ateneu em 4 de dezembro de 1862, teve repercussão mais modesta que "O caminho da porta".

Nas duas peças Machado de Assis procurava pôr em ação aquilo que valorizava nos seus escritos sobre o teatro e nos pareceres que emitia para o Conservatório Dramático. Ali, atuava como censor, avaliando se as peças deveriam ou não ser encenadas e emitindo seus juízos sobre o que seria o bom teatro. Nos pareceres, valorizava a luta dos sentimentos entre personagens desenhados com precisão e verdade, os enredos leves e graciosos, baseados na naturalidade das situações e pontuados por lances cômicos, e o apuro na escrita, sem concessões ao exagero e ao escabroso.

Essa mesma visão sobre o bom teatro, que se depreende dos escritos voltados para a produção alheia, é reiterada na famosa carta a Quintino Bocaiuva, incluída no início do volume de 1863 e reproduzida nesta edição. Nela, faz uma espécie de profissão de fé e pede ao amigo mais velho que emita seu juízo sincero sobre o valor da obra.

Tomando o teatro como "cousa muito séria", confessa qual é sua ambição como autor dramático: produzir comédias de maior alcance, "onde o estudo dos caracteres seja conscencioso e acurado, onde a observação da sociedade se case ao conhecimento prático das condições do gênero". Trocando em miúdos: aprofundamento das personagens, relevância social e adequação às convenções teatrais.

O escritor também demonstrava consciência da diferença entre o texto apresentado no teatro e aquele publicado em livro, perguntando: "A diferença entre os dous meios de publicação não modifica o juízo, não altera o valor da obra?". Eis um registro precoce da sensibilidade para as diferenças entre os meios e os suportes, e para as implicações do modo de veiculação sobre a recepção de um "mesmo" texto, que ele sabia já não ser o mesmo quando veiculado de outra forma. Note-se que as apresentações das peças, especialmente de "O caminho da porta", receberam vários comentários na imprensa, ao passo que não há registros de resenhas sobre *Teatro*, sugerindo que a acolhida às peças encenadas era maior que a recebida pelos livros.

Mais famosa do que a carta de Machado de Assis é a resposta de Quintino Bocaiuva, que destacava a riqueza do estilo e a beleza da escrita e identificava a filiação das peças de Machado de Assis aos chamados "provérbios franceses" ou "provérbios dramáticos". Esse era um gênero de teatro baseado no jogo de palavras, nas expressões espirituosas e no chiste, que tinha como expoente Alfred de Musset, uma das grandes referências do jovem escritor, que o citou muitas vezes também em seus poemas.

Entretanto, a resposta de Bocaiuva passou para a posteridade como uma espécie de atestado de fraqueza de todo o teatro machadiano. Apesar dos muitos elogios, o amigo mais velho qualificava as peças como "frias e insensíveis", sentenciando: "As tuas comédias são para serem lidas e não representadas". Não se tratava de um juízo inteiramente negativo em ambiente cênico marcado pelo derramamento sentimental e pela busca dos grandes efeitos sensoriais. Bocaiuva previnia o jovem amigo que suas peças dificilmente cairiam no gosto popular, no que tinha razão.

Seja como for, Machado de Assis não desanimou com as palavras do amigo. Retornaria ao gênero ainda muitas vezes e por longo tempo, com *Quase ministro* (1864), *Os deuses de casaca* (1866), *Tu só, tu, puro amor...* (1881), e outras duas peças derradeiras, "Não consultes médico" e "Lição de botânica", que integram sua última coletânea de textos, *Relíquias de casa velha*, que saiu em 1906.

Como ocorre com a maioria das peças que produziu, estas duas comédias têm apenas um ato. A ação é singela, situada no tempo de publicação delas, o início da década de 1860, em espaço pouco definido, mas identificado com o do Rio de Janeiro, e envolve os jogos amorosos entre homens e mulheres da elite fluminense.

"O caminho da porta", com dez cenas e quatro personagens, trata da disputa de dois homens, Valentim, rapaz de 25 anos, virgem de coração, e Inocêncio, de 38 anos, um tolo que diz estar na "idade viril", pelo amor de d. Carlota, uma viúva de "alma seca", que domina muito bem os jogos de sedução. O quarto personagem é identificado como um doutor, de nome Cornélio. Tendo já superado a paixão que um dia sentiu por Carlota, que define como "na-mo-ra-dei-ra", este último é a voz da experiência, oscilando entre prosaísmo e cinismo.

A certa altura, desmistifica o amor definindo-o como uma pescaria. E quando a viúva teme que Valentim se mate por não ter seu amor correspondido, assegura-lhe que o jovem não irá fazer isso, justificando sua certeza com um motivo bastante chão: "Porque mora longe. No caminho há de refletir e mudar de parecer".

Valentim, o moço ingênuo e sentimental que vive às custas da fortuna do pai, a princípio expressa com sinceridade seus sentimentos, até perceber que não será esse o melhor modo de conquistar a viúva. A partir daí, dispõe-se a encarnar vários tipos de amante — o heroico, o cético, o que for —, até encontrar o caminho que o leve ao coração de Carlota. Diante das reiteradas recusas, Valentim começa a fazer a transição do domínio do coração para o da razão, de uma concepção romântica do amor para uma visão menos idealizada, para ao final concluir: "Os homens, que inventaram tanta cousa, inventaram também este sentimento. Para dar justificação moral à união dos sexos inventou-se o amor, como se inventou o casamento para dar-lhe justificação legal".

A tomada de consciência da personagem vem de par com o recurso à metalinguagem, traço marcante nos escritos de Machado de Assis em vários gêneros e muito presente nesta peça. Em mais de um momento, as personagens caracterizam aquilo que estão vivendo como uma "cena de comédia", ou de "alta comédia". No arremate da peça, o doutor complementa: "Comédia, com efeito, cuja moralidade Valentim incumbiu-se de resumir — Quando não se pode atinar com o caminho do coração, deve-se tomar sem demora o caminho da porta". Esse é o provérbio que toda a ação pôs em marcha.

"O protocolo" também é uma peça em um único ato, desta vez com catorze cenas, que se passa na atualidade e envolve quatro personagens e um triângulo amoroso. Este é composto de um rapaz jovem e inexperiente e um casal, formado por um homem e uma mulher mais velhos, ainda que também imaturos. Aí o que está em jogo é o casamento de Pinheiro e Elisa, que apenas cinco meses depois de consumado enfrenta sua primeira crise. Os motivos dos arrufos são um pouco difusos, mas a certa altura ligam-se às diferenças dos direitos entre homens e mulheres, vocalizadas por Elisa. A propósito das "asas" arranjadas pelos homens, para compensar as "asas de anjo" que os poetas costumam atribuir às mulheres, ela apresenta sua queixa: "Essas asas os levam a jantar fora, a dormir fora, muitas vezes a amar fora. A essas asas chamam enfaticamente: o nosso direito!".

A visão negativa, e também jocosa, do matrimônio tem seu ponto alto quando Pinheiro aconselha o jovem Venâncio a não se casar, comparando o casamento a uma viagem à China:

> De fora, conjecturas, sonhos, castelos no ar, esperanças, comoções... Vem o padre, dá a mão aos noivos, leva-os, chegam às muralhas... Upa! estão na China! Com a altura da queda fica-se atordoado, e os sonhos de fora continuam dentro: é a lua de mel; mas, à proporção que o espírito se restabelece, vai vendo o país como ele é; então poucos lhe chamam celeste império, alguns infernal império, muitos purgatorial império!

Apesar da comparação insólita, a principal razão do impasse vivido pelo jovem casal não é atribuída à instituição do casamento em si, mas sim ao orgulho extremo de ambos, o que lhes impede de dar o primeiro passo para a reconciliação que, no fundo, os dois desejam. Nas palavras de Pinheiro: "para caprichosa, caprichoso"; nas de Elisa: "para caprichoso, caprichosa!". Capricho, veleidade, volubilidade — palavras que definem o comportamento de muitos dos caracteres machadianos — deixam suas impressões aqui.

As dificuldades do casal dão ensejo para que Venâncio Alves, rapaz de 24 anos e leitor de *Paulo e Virgínia*, o que diz muito do seu romantismo, aproxime-se de Pinheiro e de sua casa, na tentativa de conquistar a mulher insatisfeita. Será a quarta personagem da peça, Lulu, prima de Elisa, que intercederá pelo restabelecimento da paz matrimonial e doméstica, alertando Pinheiro da ameaça que o cerca: "não lhe parece que é mau desamparar a ovelha, havendo tantos lobos, primo?". Embora seja acusada por Pinheiro de ter a cabeça cheia de novelas e romantismo, Lulu é a voz da razão e da ponderação.

Tocado pelo aguilhão do ciúme e com medo de perder a esposa, Pinheiro começa a agir. Nessa altura, a peça evoca a tragédia de Otelo, o ciumento, pela ameaça que o marido faz à sua "mesquinha Desdêmona". (A presença de Shakespeare neste volume se dá também com a menção a *Romeu e Julieta*, em "O caminho da porta".) O impulso do Otelo brasileiro não é de matar a amada, como fez o mouro, mas devolvê-la à casa do pai, o que provoca a indignação da esposa: "Fui tirada há meses da casa de meu pai para ser sua mulher; agora, por um pretexto frívolo, leva-me de novo ao lar paterno. Parece-lhe que eu seja uma casaca que se pode tirar por estar fora da moda?".

O protesto de Elisa expõe a visão masculina e predominante sobre a mulher à época, como um bem de que os homens põem e dispõem, e revela também o destino que está reservado à maioria delas: a passagem do jugo paterno para o do marido.

Considerando as duas protagonistas deste volume, a "invencível" Carlota de "O caminho da porta" e a voluntariosa Elisa de "O protocolo", observa-se como as mulheres machadianas, já nesta altura, resistem como podem ao cerco patriarcal.

Referências bibliográficas

ASSIS, Machado de. *Correspondência de Machado de Assis, tomo I: 1860-1869*. Coord. de Sergio Paulo Rouanet. Org. e comentários de Irene Moutinho e Sílvia Eleutério. Rio de Janeiro: Academia Brasileira de Letras, 2008.
BRASIL. MINISTÉRIO DA EDUCAÇÃO E SAÚDE PÚBLICA. *Exposição Machado de Assis: Centenário do nascimento de Machado de Assis: 1839-1939*. Intr. de Augusto Meyer. Rio de Janeiro: Serviço Gráfico do Ministério da Educação e Saúde, 1939.
CARVALHO, Castelar de. *Dicionário de Machado de Assis: Língua, estilo, temas*. 2. ed. rev. e atual. Rio de Janeiro: Lexikon, 2018.
FARIA, João Roberto (Org.). *Machado de Assis: Do teatro. Textos críticos e escritos diversos*. São Paulo: Perspectiva, 2008.
MACHADO, Ubiratan (Org.). *Machado de Assis: Roteiro da consagração (crítica em vida do autor)*. Rio de Janeiro: EdUERJ, 2003.
_____. *Dicionário de Machado de Assis*. 2. ed. rev. e ampl. São Paulo: Imprensa Oficial; Rio de Janeiro: Academia Brasileira de Letras; Lisboa: Imprensa Nacional, 2021.
SOUSA, José Galante de. *Bibliografia de Machado de Assis*. Rio de Janeiro: Instituto Nacional do Livro, 1955.

SOUSA, José Galante de. *Fontes para o estudo de Machado de Assis*. Rio de Janeiro: Instituto Nacional do Livro, 1958.
_____. "Cronologia de Machado de Assis" [1958]. *Cadernos de Literatura Brasileira: Machado de Assis*, São Paulo, Instituto Moreira Salles, n. 23/24, pp. 10-40, jul. 2008.

Sobre esta edição

Esta edição tomou como base a única publicada em vida do autor, que saiu em 1863 no Rio de Janeiro pela Tipografia do *Diário do Rio de Janeiro*. Para o cotejo, foram utilizados os exemplares pertencentes à Biblioteca Brasiliana Guita e José Mindlin, da Universidade de São Paulo, e à Biblioteca do Senado. Também foram consultadas a edição preparada por Teresinha Marinho, Carmem Gadelha e Fátima Saadi publicada no volume *Teatro completo de Machado de Assis* (Rio de Janeiro: Ministério da Educação e Saúde, 1982) e a organizada por João Roberto Faria, *Teatro de Machado de Assis* (São Paulo: Martins Fontes, 2003). Ao texto da presente edição, foram incorporadas as correções indicadas na "Observação" que aparece no final do livro de 1863.

O estabelecimento do texto orientou-se pelo princípio da máxima fidedignidade àquele tomado como base, adotando as seguintes diretrizes: a pontuação foi mantida, mesmo quando não está em conformidade com os usos atuais; a ortografia foi atualizada, registrando-se as variantes e mantendo-se as oscilações na grafia de algumas palavras; os sinais gráficos, tais como aspas, apóstrofos e travessões, foram padronizados.

Um dos intuitos desta edição é preservar o ritmo de leitura implícito na pontuação que consta em textos sobre os quais atuaram vários agentes, tais como editores, revisores e tipógrafos, mas cuja publicação foi supervisionada pelo escritor. A indicação das variantes ortográficas e a manutenção do modo de ordenação das palavras e dos grifos são importantes para caracterizar a dicção das personagens e constituem também registros, ainda que indiretos, dos hábitos de fala e de escrita de um tempo e lugar, o Rio de Janeiro do século XIX. Ali, imigrantes, especialmente de Portugal, conviviam com afrodescendentes — como é o caso da família de origem do escritor e também daquela que Machado de Assis constituiu com Carolina Xavier de Novais —, e as referências literárias e culturais europeias estavam muito presentes nos círculos letrados nos quais Machado de Assis se formou e que frequentou ao longo de toda a vida.

Neste volume, foram adotadas as formas mais correntes das seguintes variantes registradas no *Vocabulário ortográfico da língua portuguesa* (6. ed. Rio de Janeiro: Academia Brasileira de Letras, 2021): "afectação", "afectado", "afecto", "artefacto", "céptico", "excepto", "facto", "reflectido", "subtil", "susceptível" e "tactear". Foi respeitada a oscilação entre "doudo"/"doido", e mantida a grafia de "cousa" e "dous".

Para a identificação e atualização das variantes, também foram consultados o *Índice do vocabulário de Machado de Assis*, publicação digital da Academia Brasileira de Letras, e o *Vocabulário onomástico da língua portuguesa* (Rio de Janeiro: Academia Brasileira de Letras, 1999). Os *Vocabulários* e o *Índice* são as obras de referência para a ortografia adotada nesta edição.

Os destaques do texto de base, com itálico ou aspas, foram mantidos. As palavras em língua estrangeira que aparecem sem qualquer destaque foram atualizadas. Nos casos em que as obras de referência são omissas, manteve-se a grafia da edição de base.

Os sinais gráficos foram padronizados da seguinte forma: aspas (" "), reticências (...) e travessões (—).

As abreviaturas adotadas para "vossa excelência" e "vossa senhoria" foram "V. Exa." e "V. Sa.".

As rubricas foram padronizadas e as palavras abreviadas foram desenvolvidas. Os nomes das personagens, na introdução de suas falas, vêm sempre em versalete. Os textos das rubricas aparecem entre parênteses e em itálico.

As intervenções no texto que não seguem os princípios indicados anteriormente ou que não se devem a erros evidentes de composição tipográfica vêm indicadas por notas de fim, chamadas por letras.

As notas de rodapé, chamadas por números, visam elucidar o significado de palavras, referências ou citações não facilmente encontráveis nos bons dicionários da língua ou por meio de ferramentas eletrônicas de busca e trazer traduções de citações em língua estrangeira. Por vezes, elas abordam também o contexto a que se referem os escritos. As deste volume foram elaboradas por Hélio de Seixas Guimarães [HG], Karina Okamoto [KO], Luciana Antonini Schoeps [LS], Marcelo Diego [MD] e Paulo Dutra [PD].

O organizador agradece a João Roberto Faria pela leitura da apresentação e pelas sugestões.

Machado de Assis

Teatro

Carta a Quintino Bocaiuva

Meu amigo,

Vou publicar as minhas duas comédias de estreia; e não quero fazê-lo sem conselho da tua competência.

Já uma crítica benévola e carinhosa, em que tomaste parte, consagrou a estas duas composições palavras de louvor e animação.

Sou imensamente reconhecido, por tal, aos meus colegas da imprensa.

Mas o que recebeu na cena o batismo do aplauso pode, sem inconveniente, ser trasladado para o papel? A diferença entre os dous meios de publicação não modifica o juízo, não altera o valor da obra?

É para a solução destas dúvidas que recorro à tua autoridade literária.

O juízo da imprensa viu destas duas comédias — simples tentativas de autor tímido e receoso. Se a minha afirmação não envolve suspeitas de vaidade disfarçada e malcabida, declaro que nenhuma outra ambição levo nesses trabalhos. Tenho o teatro por cousa muito séria, e as minhas forças por cousa muito insuficiente;[A] penso que as qualidades necessárias ao autor dramático desenvolvem-se e apuram-se com o tempo e o trabalho; cuido que é melhor tatear para achar; é o que procurei e procuro fazer.

Caminhar destes simples grupos de cenas — à comédia de maior alcance, onde o estudo dos caracteres seja consciencioso e acurado, onde a observação da sociedade se case ao conhecimento prático das condições do gênero — eis uma ambição própria de ânimo juvenil, e que eu tenho a imodéstia de confessar.

E, tão certo estou da magnitude da conquista, que me não dissimulo o longo estádio que há percorrer para alcançá-la. E mais. Tão difícil me parece este gênero literário, que, sob as dificuldades aparentes, se me afigura que outras haverão, menos superáveis, e tão sutis, que ainda as não posso ver.

Até onde vai a ilusão dos meus desejos? Confio demasiado na minha perseverança? Eis o que espero saber de ti.

E dirijo-me a ti, entre outras razões, por mais duas, que me parecem excelentes: razão de estima literária e razão de estima pessoal. Em respeito à tua modéstia, calo o que te devo de admiração e reconhecimento.

O que nos honra, a mim e a ti, é que a tua imparcialidade e a minha submissão ficam salvas da mínima suspeita. Serás justo e eu dócil; terás ainda por isso o meu reconhecimento; e eu escapo a esta terrível sentença de um escritor: "*Les amitiés qui ne résistent pas à la franchise, valent-elles un regret?*".[1]

Teu amigo e colega,
MACHADO DE ASSIS

---

1. "As amizades que não resistem à franqueza valem um lamento?", em tradução livre do francês. A citação é do crítico Gustave Planche, um dos principais nomes da *Revue des Deux Mondes* [Revista dos Dois Mundos], e está no tomo I da edição de 1837 dela e nos seus *Portraits littéraires* [Retratos literários] (1836-49). [MD]

Carta ao autor

Machado de Assis,
 Respondo à tua carta. Pouco preciso dizer-te. Fazes bem em dar ao prelo os teus primeiros ensaios dramáticos. Fazes bem, porque essa publicação envolve uma promessa e acarreta sobre ti uma responsabilidade para com o público. E o público tem o direito de ser exigente contigo. És moço, e foste dotado pela Providência com um belo talento. Ora, o talento é uma arma divina que Deus concede aos homens para que estes a empreguem no melhor serviço dos seus semelhantes. A ideia é uma força. Inoculá-la no seio das massas é inocular-lhe o sangue puro da regeneração moral. O homem que se civiliza, cristianiza-se. Quem se ilustra, edifica-se. Porque a luz que nos esclarece a razão é a que nos alumia a consciência. Quem aspira a ser grande, não pode deixar de aspirar a ser bom. A virtude é a primeira grandeza deste mundo. O grande homem é o homem de bem. Repito, pois, nessa obra de cultivo literário há uma obra de edificação moral.
 Das muitas e variadas formas literárias que existem e que se prestam ao conseguimento desse fim escolheste a forma dramática. Acertaste. O drama é a forma mais popular, a que mais se nivela com a alma do povo, a que mais recursos possui para atuar sobre o seu espírito, a que mais facilmente o comove e exalta; em resumo, a que tem meios mais poderosos para influir sobre o seu coração.

Quando assim me exprimo, é claro que me refiro às tuas comédias, aceitando-as como elas devem ser aceitas por mim e por todos, isto é, como um ensaio, como uma experiência, e, se podes admitir a frase, como uma ginástica de estilo.

A minha franqueza e a lealdade que devo à estima que me confessas obrigam-me a dizer-te em público o que já te disse em particular. As tuas duas comédias, modeladas ao gosto dos provérbios franceses, não revelam nada mais do que a maravilhosa aptidão do teu espírito, a profusa riqueza do teu estilo. Não inspiram nada mais do que simpatia e consideração por um talento que se amaneira a todas as formas da concepção.

Como lhes falta a ideia, falta-lhes a base. São belas, porque são bem escritas. São valiosas, como artefatos literários, mas até onde a minha vaidosa presunção crítica pode ser tolerada, devo declarar-te que elas são frias e insensíveis, como todo o sujeito sem alma.

Debaixo deste ponto de vista, e respondendo a uma interrogação direta que me diriges, devo dizer-te que havia mais perigo em apresentá-las ao público sobre a rampa da cena do que há em oferecê-las à leitura calma e refletida. O que no teatro podia servir de obstáculo à apreciação da tua obra, favorece-a no gabinete. As tuas comédias são para serem lidas e não representadas. Como elas são um brinco de espírito podem distrair o espírito. Como não têm coração não podem pretender sensibilizar a ninguém. Tu mesmo assim as consideras, e reconhecer isso é dar prova de bom critério consigo mesmo, qualidade rara de encontrar-se entre os autores.

O que desejo, o que te peço, é que apresentes nesse mesmo gênero algum trabalho mais sério, mais novo, mais original e mais completo. Já fizeste esboços, atira-te à grande pintura.

Posso garantir-te que conquistarás aplausos mais convencidos e mais duradouros.

Em todo o caso, repito-te que fazes bem. Sujeita-te à crítica de todos, para que possas corrigir-te a ti mesmo. Como te mostras despretensioso, colherás o fruto são da tua modéstia não fingida. Pela minha parte estou sempre disposto a acompanhar-te, retribuindo-te em simpatia toda a consideração que me impõe a tua jovem e vigorosa inteligência.

Teu
Q. BOCAIUVA

O caminho da porta

Comédia em um ato

Representada pela primeira vez
no Ateneu Dramático
em setembro de 1862

— — — — —

Personagens

DR. CORNÉLIO
VALENTIM
INOCÊNCIO
D. CARLOTA[2]

Atualidade

----

2. Na edição de 1863, ao lado dos nomes das personagens, leem-se os dos atores que as representaram, respectivamente sr. Cardoso, sr. Pimentel, sr. Martins e sra. d. Maria Fernanda. [KO]

Em casa de Carlota
(*Sala elegante. — Duas portas no fundo, portas laterais, consolos, piano, divã, poltronas, cadeiras, mesa, tapete, espelhos, quadros; figuras sobre os consolos; álbum, alguns livros, lápis etc., sobre a mesa.*)

Cena I
VALENTIM (*assentado à esquerda*),
O DOUTOR (*entrando*)

VALENTIM
Ah! és tu?

DOUTOR
Oh! Hoje é o dia das surpresas. Acordo, leio os jornais e vejo anunciado para hoje o *Trovador*. Primeira surpresa. Lembro-me de passar por aqui para saber se D. Carlota queria ir ouvir a ópera de Verdi, e vinha pensando na triste figura que devia fazer em casa de uma moça do tom às 10 horas da manhã, quando te encontro firme como uma sentinela no posto. Duas surpresas.

VALENTIM
A triste figura sou eu?

DOUTOR
Acertaste. Lúcido como uma sibila. Fazes uma triste figura, não to devo ocultar.

VALENTIM
(*irônico*)
Ah!

DOUTOR
Tens ar de não dar crédito ao que digo! Pois olha, tens diante de ti a verdade em pessoa, com a diferença de não sair de um poço mas da cama, e de vir em traje menos primitivo. Quanto ao espelho, se o não trago comigo, há nesta sala um que nos serve com a mesma sinceridade. Mira-te ali. Estás ou não uma triste figura?

VALENTIM
Não me aborreças.

DOUTOR
Confessas então?

VALENTIM
És divertido como os teus protestos de virtuoso! Aposto que me queres fazer crer no desinteresse das tuas visitas a D. Carlota?

DOUTOR
Não.

VALENTIM
Ah!

DOUTOR
Sou hoje mais assíduo do que era há um mês, e a razão é que há um mês que começaste a fazer-lhe corte.

VALENTIM
Já sei: não me queres perder de vista.

DOUTOR
Presumido! Eu sou lá inspetor dessas cousas? Ou antes, sou; mas o sentimento que me leva a estar presente a essa batalha pausada e paciente está muito longe do que pensas; estudo o amor.

VALENTIM
Somos então os teus compêndios?

DOUTOR
É verdade.

VALENTIM
E o que tens aprendido?

DOUTOR
Descobri que o amor é uma pescaria...

VALENTIM
Queres saber de uma cousa? Estás prosaico como os teus libelos.

DOUTOR
Descobri que o amor é uma pescaria...

VALENTIM
Vai-te com os diabos!

DOUTOR
Descobri que o amor é uma pescaria. O pescador senta-se sobre um penedo, à beira do mar. Tem ao lado uma cesta com iscas; vai pondo uma por uma no anzol, e atira às águas a pérfida linha. Assim gasta horas e dias até que o descuidado filho das águas agarra no anzol, ou não agarra e...

VALENTIM
És um tolo.

DOUTOR
Não contesto; pelo interesse que tomo por ti. Realmente dói-me ver-te há tantos dias exposto ao sol, sobre o penedo, com o caniço na mão, a gastar as tuas iscas e a tua saúde, quero dizer, a tua honra.

VALENTIM
A minha honra?

DOUTOR
A tua honra, sim. Pois para um homem de senso e um tanto sério o ridículo não é uma desonra? Tu estás ridículo. Não há dia em que não venhas gastar três, quatro, cinco horas a cercar esta viúva de galanteios e atenções, acreditando talvez ter adiantado muito, mas estando ainda hoje como quando começaste. Olha, há Penélopes da virtude e Penélopes do galanteio. Umas fazem e desmancham teias por terem muito juízo; outras as fazem e desmancham por não terem nenhum.

VALENTIM
Não deixas de ter uma tal ou qual razão.

DOUTOR
Ora, graças a Deus!

VALENTIM
Devo porém prevenir-te de uma cousa: é que ponho nesta conquista a minha honra. Jurei aos meus deuses casar-me com ela e hei de manter o meu juramento.

DOUTOR
Virtuoso Romano!

VALENTIM
Faço o papel de Sísifo. Rolo a minha pedra pela montanha; quase a chegar com ela ao

cimo, uma mão invisível fá-la despenhar de novo, e aí volto a repetir o mesmo trabalho. Se isto é um infortúnio, não deixa de ser uma virtude.

DOUTOR

A virtude da paciência. Empregavas melhor essa virtude em fazer palitos do que em fazer a roda a esta namoradeira. Sabes o que aconteceu aos companheiros de Ulisses passando pela ilha de Circe? Ficaram transformados em porcos. Melhor sorte teve Actéon que por espreitar Diana no banho passou de homem a veado.[3] Prova evidente de que é melhor pilhá-las no banho do que andar-lhes à roda nos tapetes da sala.

VALENTIM

Passas de prosaico a cínico.

DOUTOR

É uma modificação. Tu estás sempre o mesmo: ridículo.

---

3. Note-se a profusão de referências mitológicas presentes nesta peça, uma marca forte da escrita de Machado de Assis, especialmente em sua poesia e seu teatro. [HG]

Cena II

OS MESMOS, INOCÊNCIO
(*trazido por um criado*)[4]

INOCÊNCIO

Oh!

DOUTOR

(*baixo a Valentim*)

Chega o teu competidor.

VALENTIM

(*baixo*)

Não me vexes.

INOCÊNCIO

Meus senhores! Já por cá? Madrugaram hoje!

DOUTOR

É verdade. E V. Sa.?

---

4. O fato de esta obra ter sido representada levanta o questionamento de quem teria sido o ator que fez o papel desse criado, porque, além de o termo nem sempre ser sinônimo de escravizado, o ator, apesar de subir ao palco, não aparece na lista de personagens fornecida no princípio. Além disso, Inocêncio, que é trazido à cena pelo criado, posteriormente faz menção a um escravizado, que não se encontra no palco, e o substitui na tarefa de buscar as correspondências, trocando assim de papéis com este. [PD]

INOCÊNCIO
Como está vendo. Levanto-me sempre com o sol.

DOUTOR
Se V. Sa. é outro.

INOCÊNCIO
(*não compreendendo*)
Outro quê? Ah! outro sol! Este doutor tem umas expressões tão... fora do vulgar! Ora veja, a mim ainda ninguém se lembrou de dizer isto. Sr. Doutor, V. Sa. há de tratar de um negócio que trago pendente no foro. Quem fala assim é capaz de seduzir a própria lei!

DOUTOR
Obrigado!

INOCÊNCIO
Onde está a encantadora D. Carlota? Trago-lhe este ramalhete que eu próprio colhi e arranjei. Olhem como estas flores estão bem combinadas: rosas, paixão; açucenas, candura. Que tal?

DOUTOR
Engenhoso!

INOCÊNCIO
(*dando-lhe o braço*)
Agora ouça, Sr. Doutor. Decorei umas quatro palavras para dizer ao entregar-lhe estas flores. Veja se condizem com o assunto.

DOUTOR
Sou todo ouvidos.

INOCÊNCIO
"Estas flores são um presente que a primavera faz à sua irmã por intermédio do mais ardente admirador de ambas." Que tal?

DOUTOR
Sublime! (*Inocêncio ri-se à socapa.*) Não é da mesma opinião?

INOCÊNCIO
Pudera não ser sublime; se eu próprio copiei isto de um *Secretário dos amantes*![5]

DOUTOR
Ah!

VALENTIM
(*baixo ao Doutor*)
Gabo-te a paciência!

---

5. *Secretário dos amantes* era o nome de uma publicação popular e apócrifa, vendida nas ruas do Rio de Janeiro do século XIX, que fornecia modelos de cartas para enamorados. [MD]

DOUTOR
(*dando-lhe o braço*)
Pois que tem! É miraculosamente tolo. Não é da mesma espécie que tu...

VALENTIM
Cornélio!

DOUTOR
Descansa; é de outra muito pior.

Cena III

OS MESMOS, CARLOTA

CARLOTA
Perdão, meus senhores, de os haver feito esperar... (*distribui apertos de mão*)

VALENTIM
Nós é que lhe pedimos desculpa de havermos madrugado deste modo...

DOUTOR
A mim, traz-me um motivo justificável.

CARLOTA
(*rindo*)
Ver-me? (*vai sentar-se*)

DOUTOR
Não.

CARLOTA
Não é um motivo justificável, esse?

DOUTOR
Sem dúvida; incomodá-la é que o não é. Ah! minha senhora, eu aprecio mais do que nenhum outro o despeito que deve causar a uma moça uma interrupção no serviço

da *toilette*. Creio que é cousa tão séria como uma quebra de relações diplomáticas.

CARLOTA

O Sr. doutor graceja e exagera. Mas qual é esse motivo que justifica a sua entrada em minha casa, a esta hora?

DOUTOR

Venho receber as suas ordens acerca da representação desta noite.

CARLOTA

Que representação?

DOUTOR

Canta-se o *Trovador*.

INOCÊNCIO

Bonita peça!

DOUTOR

Não pensa que deve ir?

CARLOTA

Sim, e agradeço-lhe a sua amável lembrança. Já sei que vem oferecer-me o seu camarote. Olhe, há de desculpar-me este descuido, mas prometo que vou quanto antes tomar uma assinatura.

INOCÊNCIO
(*a Valentim*)
Ando desconfiado do doutor!

VALENTIM
Por quê?

INOCÊNCIO
Veja como ela o trata! Mas eu vou desbancá-lo com a minha frase do *Secretário dos amantes*... (*indo a Carlota*) Minha senhora, estas flores são um presente que a primavera faz à sua irmã...

DOUTOR
(*completando a frase*)
Por intermédio do mais ardente admirador de ambas.

INOCÊNCIO
Sr. doutor!

CARLOTA
O que é?

INOCÊNCIO
(*baixo*)
Isto não se faz! (*a Carlota*) Aqui tem, minha senhora...

CARLOTA

Agradecida. Por que se retirou ontem tão cedo? Não lho quis perguntar... de boca; mas creio que o interroguei com o olhar.

INOCÊNCIO

(*no cúmulo da satisfação*)
De boca?... Com o olhar?... Ah! queira perdoar, minha senhora... mas um motivo imperioso...

DOUTOR

Imperioso... não é delicado.

CARLOTA

Não exijo saber o motivo; supus que se houvesse passado alguma cousa que o desgostasse...

INOCÊNCIO

Qual, minha senhora; o que se poderia passar? Não estava eu diante de V. Exa. para consolar-me com seus olhares de algum desgosto que houvesse? E não houve nenhum.

CARLOTA

(*ergue-se e bate-lhe com o leque no ombro*)
Lisonjeiro!

DOUTOR
(*descendo entre ambos*)
V. Exa. há de desculpar-me se interrompo uma espécie de idílio com uma cousa prosaica, ou antes com outro idílio, de outro gênero, um idílio do estômago; o almoço...

CARLOTA
Almoça conosco?

DOUTOR
Oh! minha senhora, não seria capaz de interrompê-la; peço simplesmente licença para ir almoçar com um desembargador da relação a quem tenho de prestar umas informações.[6]

CARLOTA
Sinto que na minha perda ganhe um desembargador; não sabe como odeio a toda essa gente do foro; faço apenas uma exceção.

DOUTOR
Sou eu.

---

6. Durante os períodos colonial e monárquico, o sistema judiciário brasileiro contava com os chamados tribunais da relação, constituídos por um colegiado de desembargadores, que funcionavam como tribunais de apelação, ou de segunda instância. [MD]

CARLOTA
(*sorrindo*)
É verdade. Donde concluiu?

DOUTOR
Estou presente!

CARLOTA
Maldoso!

DOUTOR
Fica, não, Sr. Inocêncio?

INOCÊNCIO
Vou. (*baixo ao Doutor*) Estalo de felicidade!

DOUTOR
Até logo!

INOCÊNCIO
Minha senhora!

Cena IV

CARLOTA, VALENTIM

CARLOTA

Ficou?

VALENTIM

(*indo buscar o chapéu*)
Se a incomodo...

CARLOTA

Não. Dá-me prazer até. Ora, por que há de ser tão suscetível a respeito de tudo o que lhe digo?

VALENTIM

É muita bondade. Como não quer que seja suscetível? Só depois de estarmos a sós é que V. Exa. se lembra de mim. Para um velho gaiteiro acha V. Exa. palavras cheias de bondade e sorrisos cheios de doçura.

CARLOTA

Deu-lhe agora essa doença? (*vai sentar-se junto à mesa*)

VALENTIM

(*senta-se junto à mesa defronte de Carlota*)
Oh! não zombe, minha senhora! Estou certo de que os mártires romanos prefeririam a

morte rápida à luta com as feras do circo.
O seu sarcasmo é uma fera indomável;
V. Exa. tem certeza disso e não deixa de lançá-lo em cima de mim.

CARLOTA

Então sou temível? Confesso que ainda agora o sei. (*uma pausa*) Em que cisma?

VALENTIM

Eu?... em nada!

CARLOTA

Interessante colóquio!

VALENTIM

Devo crer que não faço uma figura nobre e séria. Mas não me importa isso! A seu lado eu afronto todos os sarcasmos do mundo. Olhe,[a] eu nem sei o que penso, nem sei o que digo. Ridículo que pareça, sinto-me tão elevado o espírito que chego a supor em mim algum daqueles toques divinos com que a mão dos deuses elevava os mortais e lhes inspirava forças e virtudes fora do comum.

CARLOTA

Sou eu a deusa...

VALENTIM
Deusa, como ninguém sonhara nunca; com a graça de Vênus e a majestade de Juno. Sei eu mesmo defini-la? Posso eu dizer em língua humana o que é esta reunião de atrativos únicos feitos pela mão da natureza como uma prova suprema do seu poder? Dou-me por fraco, certo de que nem pincel nem lira poderão fazer mais do que eu.

CARLOTA
Oh! é demais! Deus me livre de o tomar por espelho. Os meus são melhores. Dizem cousas menos agradáveis, porém mais verdadeiras.

VALENTIM
Os espelhos são obras humanas; imperfeitos, como todas as obras humanas. Que melhor espelho, quer V. Exa., que uma alma ingênua e cândida?

CARLOTA
Em que corpo encontrarei... esse espelho?

VALENTIM
No meu.

CARLOTA
Supõe-se cândido e ingênuo?

VALENTIM
Não me suponho, sou.

CARLOTA
É por isso que traz perfumes e palavras que embriagam? Se há candura é em querer fazer-me crer...

VALENTIM
Oh! não queira V. Exa. trocar os papéis. Bem sabe que os seus perfumes e as suas palavras é que embriagam. Se eu falo um tanto diversamente do comum é porque falam em mim o entusiasmo e a admiração. Quanto a V. Exa. basta abrir os lábios para deixar cair dele aromas e filtros cujo segredo só a natureza conhece.

CARLOTA
Estimo antes vê-lo assim. (*começa a desenhar distraidamente em um papel*)

VALENTIM
Assim... como?

CARLOTA
Menos... melancólico.

VALENTIM
É esse o caminho do seu coração?

CARLOTA

Queria que eu própria lho indicasse? Seria trair-me, e tirava-lhe a graça e a glória de o encontrar por seus próprios esforços.

VALENTIM

Onde encontrarei um roteiro?...

CARLOTA

Isso não tinha graça! A glória está em achar o desconhecido depois da luta e do trabalho... Amar e fazer-se amar por um roteiro... oh! que cousa de mau gosto!

VALENTIM

Prefiro esta franqueza. Mas V. Exa. deixa-me no meio de uma encruzilhada com quatro ou cinco caminhos diante de mim, sem saber qual hei de tomar. Acha que isto é de coração compassivo?

CARLOTA

Ora! siga por um deles, à direita ou à esquerda.

VALENTIM

Sim, para chegar ao fim e encontrar um muro; voltar, tomar depois por outro...

CARLOTA

E encontrar outro muro? É possível. Mas a esperança acompanha os homens e com a esperança, neste caso, a curiosidade. Enxugue o suor, descanse um pouco, e volte a procurar o terceiro, o quarto, o quinto caminho, até encontrar o verdadeiro. Suponho que todo o trabalho se compensará com o achado final.

VALENTIM
Sim. Mas, se depois de tanto esforço for encontrar-me no verdadeiro caminho com algum outro viandante de mais tino e fortuna?

CARLOTA
Outro?... que outro? Mas... isto é uma simples conversa... O Sr. faz-me dizer cousas que não devo... (*Cai o lápis ao chão. Valentim apressa-se em apanhá-lo e ajoelha nesse ato.*)

CARLOTA
Obrigada. (*vendo que ele continua ajoelhado*) Mas levante-se!

VALENTIM
Não seja cruel!

CARLOTA
(*levantando-se*)
Faça o favor de levantar-se!

VALENTIM
(*levantando-se*)
É preciso pôr um termo a isto!

CARLOTA
(*fingindo-se distraída*)
A isto o quê?

VALENTIM
V. Exa. é de um sangue-frio de matar!

CARLOTA
Queria que me fervesse o sangue? Tinha razão para isso. A que propósito fez esta cena de comédia?

VALENTIM
V. Exa. chama a isto comédia?

CARLOTA
Alta comédia, está entendido. Mas que é isto? Está com lágrimas nos olhos?

VALENTIM
Eu?... ora... ora... que lembrança!

CARLOTA
Quer que lhe diga? Está ficando ridículo.

VALENTIM
Minha senhora!

CARLOTA
Oh! ridículo! ridículo!

VALENTIM
Tem razão. Não devo parecer outra cousa a seus olhos! O que sou eu para V. Exa.? Um ente vulgar, uma fácil conquista, que V. Exa. entretém, ora animando, ora repelindo, sem deixar nunca conceber esperanças fundadas e duradouras. O meu coração virgem deixou-se arrastar. Hoje, se quisesse arrancar de mim este amor, era preciso arrancar com ele a vida. Oh! não ria, que é assim!

CARLOTA
Sinto que não possa ouvi-lo com interesse.

VALENTIM
Por que motivo havia de me ouvir com interesse?

CARLOTA
Não é por ter a alma seca; é por não acreditar nisso.

VALENTIM
Não acredita?

CARLOTA
Não.

VALENTIM
(*esperançoso*)
E se acreditasse?

CARLOTA
(*com indiferença*)
Se acreditasse, acreditava!

VALENTIM
Oh! é cruel!

CARLOTA
(*depois de um silêncio*)
Que é isso? Seja forte! Se não por si, ao menos pela posição esquerda em que me coloca.

VALENTIM
(*sombrio*)
Serei forte! Fraco no parecer de alguns... forte no meu... Minha Senhora!

CARLOTA
(*assustada*)
Onde vai?

VALENTIM
Até... minha casa! Adeus! (*Sai arrebatadamente. Carlota para estacada; depois vai ao fundo, volta ao meio da cena, vai à direita; entra o Doutor.*)

Cena V

CARLOTA, O DOUTOR

DOUTOR

Não me dirá, minha senhora, o que tem Valentim que passou por mim como um raio, agora, na escada?

CARLOTA

Eu sei! Ia mandar em procura dele. Disse-me aqui umas palavras ambíguas, estava exaltado, creio que...

DOUTOR

Que se vai matar?... (*correndo para a porta*) Faltava mais esta!... (*estaca*) Não, não se há de matar!

CARLOTA

Ah!... por quê?

DOUTOR

Porque mora longe. No caminho há de refletir e mudar de parecer. Os olhos das damas já perderam o condão de levar um pobre-diabo à sepultura; raros casos provam uma diminuta exceção.

CARLOTA

De que olhos e de que condão me fala?

DOUTOR

Do condão de seus olhos, minha senhora! Mas que influência é essa que V. Exa. exerce sobre o espírito de quantos se deixam apaixonar por seus encantos? A um inspira a ideia de matar-se; a outro exalta-o de tal modo, com algumas palavras e um toque de seu leque, que quase chega a ser causa de um ataque apoplético!

CARLOTA

Está me falando grego!

DOUTOR

Quer português, minha senhora? Vou traduzir o meu pensamento. Valentim é meu amigo. É um rapaz, não direi virgem de coração, mas com tendências às paixões da sua idade. V. Exa. por sua graça e beleza inspirou-lhe, ao que parece, um desses amores profundos de que os romances dão exemplo. Com vinte e cinco anos, inteligente, benquisto, podia fazer um melhor papel que o de namorado sem ventura. Graças a V. Exa., todas as suas qualidades estão anuladas: o rapaz não pensa, não vê, não conhece, não compreende ninguém mais que não seja V. Exa.

CARLOTA

Para aí a fantasia?

DOUTOR

Não, senhora. Ao seu carro atrelou-se com o meu amigo, um velho, um velho, minha senhora, que, com o fim de lhe parecer melhor, pinta a coroa venerável de seus cabelos brancos. De sério que era, fê-lo V. Exa. uma figurinha de papelão, sem vontade nem ação própria. Destes sei eu; ignoro se mais algum dos que frequentam esta casa andam atordoados como estes dous. Creio, minha senhora, que lhe falei no português mais vulgar e próprio para me fazer entender.

CARLOTA

Não sei até que ponto é verdadeira toda essa história, mas consinta que lhe observe quanto andou errado em bater à minha porta. Que lhe posso eu fazer? Sou eu culpada de alguma cousa? A ser verdade isso que contou, a culpa é da natureza que os fez fáceis de amar, e a mim, me fez... bonita?

DOUTOR

Pode dizer mesmo — encantadora.

CARLOTA

Obrigada!

DOUTOR

Em troca do adjetivo deixe acrescentar outro não menos merecido: — namoradeira.

CARLOTA

Hein?

DOUTOR

Na-mo-ra-dei-ra!

CARLOTA

Está dizendo cousas que não têm senso comum.

DOUTOR

O senso comum é comum a dous modos de entender. É mesmo a mais de dous. É uma desgraça que nos achemos em divergência.

CARLOTA

Mesmo que fosse verdade não era delicado dizer...

DOUTOR

Esperava por essa. Mas V. Exa. esquece que eu, lúcido como estou hoje, já tive os meus momentos de alucinação. Já fiei como Hércules a seus pés. Lembra-se? Foi há três anos. Incorrigível a respeito de amores, tinha razões para estar curado, quando vim cair em suas mãos. Alguns alopatas costumam a mandar chamar os homeopatas nos últimos momentos de um enfermo e há casos de salvação para o moribundo. V. Exa. serviu-me de homeopatia, desculpe a comparação; deu-me uma dose de veneno tremenda, mas eficaz; desde esse tempo fiquei curado.

CARLOTA
Admiro a sua fecundidade! Em que tempo padeceu dessa febre de que tive a ventura de o curar?

DOUTOR
Já tive a honra de dizer que foi há três anos.

CARLOTA
Não me recordo. Mas considero-me feliz por ter conservado ao foro um dos advogados mais distintos da capital.

DOUTOR
Pode acrescentar: e à humanidade um dos homens mais úteis. Não se ria, sou um homem útil.

CARLOTA
Não me rio. Conjecturo em que se empregará a sua utilidade.

DOUTOR

Vou auxiliar a sua penetração. Sou útil pelos serviços que presto aos viajantes novéis relativamente ao conhecimento das costas e dos perigos do curso marítimo; indico os meios de chegar sem maior risco à ilha desejada de Citera.

CARLOTA

Ah!

DOUTOR

Essa exclamação é vaga e não me indica se V. Exa. está satisfeita ou não com a minha explicação. Talvez não acredite que eu possa servir aos viajantes?

CARLOTA

Acredito. Acostumei-me a olhá-lo como a verdade nua e crua.

DOUTOR

É o que dizia há bocado àquele doido Valentim.

CARLOTA

A que propósito dizia?...

DOUTOR

A que propósito? Queria que fosse a propósito da guerra dos Estados Unidos? da questão do algodão? do poder temporal?

da revolução da Grécia?[7] Foi a respeito da única cousa que nos pode interessar, a ele, como marinheiro novel, e a mim, como capitão experimentado.

CARLOTA
Ah! foi...

DOUTOR
Mostrei-lhe os pontos negros do meu roteiro.

CARLOTA
Creio que ele não ficou convencido...

DOUTOR
Tanto não que se ia deitando ao mar.

CARLOTA
Ora, venha cá. Falemos um momento sem paixão nem rancor. Admito que o seu amigo ande apaixonado por mim. Quero admitir também que eu seja uma namoradeira...

---

7. São mencionadas algumas das questões políticas e sociais mais candentes da época, como a Guerra Civil Americana, que se estendeu de 1861 a 1865; a tentativa de substituição da cultura do café pela do algodão, no começo da década de 1860; o decreto imperial de 1857 que estabelecia limites ao poder temporal da Igreja (dando início à chamada Questão Religiosa, que explodiria em 1870); e o golpe de Estado na Grécia, em 1862. [MD]

DOUTOR
Perdão: uma encantadora namoradeira...

CARLOTA
Dentada de morcego; aceito.

DOUTOR
Não: atenuante e agravante; sou advogado!

CARLOTA
Admito isso tudo. Não me dirá donde tira o direito de intrometer-se nos atos alheios, e de impor as suas lições a uma pessoa, que o admira e estima, mas que não é, nem sua irmã, nem sua pupila?

DOUTOR
Donde? Da doutrina cristã: ensino os que erram.

CARLOTA
A sua delicadeza não me há de incluir entre os que erram.

DOUTOR
Pelo contrário; dou-lhe um lugar de honra: é a primeira.

CARLOTA
Sr. doutor!

DOUTOR

Não se zangue, minha senhora. Todos erramos; mas V. Exa. erra muito. Não me dirá de que serve, o que aproveita usar uma mulher bonita de seus encantos para espreitar um coração de vinte e cinco anos e atraí-lo com as suas cantilenas, sem outro fim mais do que contar adoradores e dar um público testemunho do que pode a sua beleza? Acha que é bonito? Isto não revolta? (*movimento de Carlota*)

CARLOTA

Por minha vez pergunto: donde lhe vem o direito de pregar-me sermões de moral?

DOUTOR

Não há direito escrito para isto, é verdade. Mas, eu que já tentei trincar o cacho de uvas pendente, não faço como a raposa da fábula, fico ao pé da parreira para dizer ao outro animal que vier: Não sejas tolo! não as alcançarás com o teu focinho! e à parreira impassível: Seca as tuas uvas ou deixa-as cair; é melhor do que tê-las aí a fazer cobiça às raposas avulsas! É o direito da desforra!

CARLOTA

Ia-me zangando. Fiz mal. Com o Sr. doutor é inútil discutir: fala-se pela razão, responde pela parábola.

DOUTOR
A parábola é a razão do evangelho, e o evangelho é o livro que mais tem convencido.

CARLOTA
Por tais disposições vejo que não deixa o posto de sentinela dos corações alheios?

DOUTOR
Avisador de incautos; é verdade.

CARLOTA
Pois declaro que dou às suas palavras o valor que merecem.

DOUTOR
Nenhum?

CARLOTA
Absolutamente nenhum. Continuarei a receber com a mesma afabilidade o seu amigo Valentim.

DOUTOR
Sim, minha senhora!

CARLOTA
E ao doutor também.

DOUTOR
É magnanimidade.

CARLOTA
E ouvirei com paciência evangélica as suas prédicas não encomendadas.

DOUTOR
E eu pronto a proferi-las. Ah! minha senhora, se as mulheres soubessem quanto ganhariam se não fossem vaidosas! É negócio de cinquenta por cento...

CARLOTA
Estou resignada: crucifique-me!

DOUTOR
Em outra ocasião.

CARLOTA
Para ganhar forças quer almoçar segunda vez?

DOUTOR
Há de consentir que recuse.

CARLOTA
Por motivo de rancor?

DOUTOR
(*pondo a mão no estômago*)
Por motivo de incapacidade. (*Cumprimenta e dirige-se à porta. Carlota sai pelo fundo. Entra Valentim.*)

Cena VI

O DOUTOR, VALENTIM

DOUTOR
Oh! A que horas é o enterro?

VALENTIM
Que enterro? De que enterro me falas tu?

DOUTOR
Do teu. Não ias procurar o descanso, meu Werther?

VALENTIM
Ah! não me fales! Esta mulher... onde está ela?

DOUTOR
Almoça.

VALENTIM
Sabes que a amo. Ela é invencível. Às minhas palavras amorosas respondeu com a frieza do sarcasmo. Exaltei-me e cheguei a proferir algumas palavras que poderiam indicar da minha parte uma intenção trágica. O ar da rua fez-me bem; acalmei-me...

DOUTOR
Tanto melhor!...

VALENTIM
Mas eu sou teimoso.

DOUTOR
Pois ainda crês?...

VALENTIM
Ouve: sinceramente aflito e apaixonado, apresentei-me a D. Carlota como era. Não houve meio de torná-la compassiva. Sei que não me ama; mas creio que não está longe disso; acha-se em um estado que basta uma faísca para acender-se-lhe no coração a chama do amor. Se não se comoveu à franca manifestação do meu afeto, há de comover-se a outro modo de revelação. Talvez não se incline ao homem poético e apaixonado; há de inclinar-se ao heroico ou até cético... ou a outra espécie. Vou tentar um por um.

DOUTOR
Muito bem. Vejo que raciocinas; é porque o amor e a razão dominam em ti com força igual. Graças a Deus, mais algum tempo e o predomínio da razão será certo.

VALENTIM
Achas que faço bem?

DOUTOR
Não acho, não, senhor!

VALENTIM
Por quê?

DOUTOR
Amas muito esta mulher? É próprio da tua idade e da força das cousas. Não há caso que desminta esta verdade reconhecida e provada: que a pólvora e o fogo, uma vez próximos fazem explosão.

VALENTIM
É uma doce fatalidade esta!

DOUTOR
Ouve-me calado. A que queres chegar com este amor? Ao casamento; é honesto e digno de ti. Basta que ela se inspire da mesma paixão, e a mão do himeneu virá converter em uma só as duas existências. Bem. Mas não te ocorre uma cousa: é que esta mulher, sendo uma namoradeira, não pode tornar-se vestal muito cuidadosa da ara matrimonial.

VALENTIM
Oh!

DOUTOR
Protestas contra isto? É natural. Não serias o que és se aceitasses à primeira vista a minha opinião. É por isso que te peço reflexão e calma. Meu caro, o marinheiro conhece

as tempestades e os navios; eu conheço os amores e as mulheres; mas avalio no sentido inverso do homem do mar; as escunas veleiras são preferidas pelo homem do mar, eu voto contra as mulheres veleiras.

VALENTIM
Chamas a isto uma razão?

DOUTOR
Chamo a isto uma opinião. Não é a tua! Há de sê-lo com o tempo. Não me faltará ocasião de chamar-te ao bom caminho. A tempo o ferro é mezinha, disse Sá de Miranda. Empregarei o ferro.

VALENTIM
O ferro?

DOUTOR
O ferro. Só as grandes coragens é que se salvam. Devi a isso salvar-me das unhas deste gavião disfarçado de quem queres fazer tua mulher.

VALENTIM
O que estás dizendo?

DOUTOR
Cuidei que sabias. Também eu já trepei pela escada de seda para cantar a cantiga do Romeu à janela de Julieta.

VALENTIM

Ah!

DOUTOR

Mas não passei da janela. Fiquei ao relento do que me resultou uma constipação.

VALENTIM

É natural. Pois como havia ela de amar a um homem que quer levar tudo pela razão fria dos seus libelos e embargos de terceiro?

DOUTOR

Foi isso que me salvou; os amores como os desta mulher precisam um tanto ou quanto de chicana. Passo pelo advogado mais chicaneiro do foro; imagina se a tua viúva podia haver-se comigo! Veio o meu dever com embargos de terceiro e eu ganhei a demanda. Se, em vez de comer tranquilamente a fortuna de teu pai, tivesses cursado a academia de S. Paulo ou Olinda,[8] estavas, como eu, armado de broquel e cota de malhas.

---

8. Em 1827 foram fundadas, por decreto imperial, as faculdades de direito de São Paulo e do Recife (inicialmente, em Olinda), as primeiras do gênero no Brasil. [MD]

VALENTIM

É o que te parece. Podem acaso as ordenações e o código penal contra os impulsos do coração? É querer reduzir a obra de Deus à condição da obra dos homens. Mas bem vejo que és o advogado mais chicaneiro do foro.

DOUTOR

E portanto, o melhor.

VALENTIM

Não, o pior, porque não me convenceste.

DOUTOR

Ainda não?

VALENTIM

Nem me convencerás nunca.

DOUTOR

Pois é pena!

VALENTIM

Vou tentar os meios que tenho em vista; se nada alcançar talvez me resigne à sorte.

DOUTOR

Não tentes nada. Anda jantar comigo e vamos à noite ao teatro.

VALENTIM

Com ela? Vou.

DOUTOR

Nem me lembrava que a tinha convidado.

VALENTIM

Espero que hei de vencer.

DOUTOR

Com que contas? Com a tua estrela? Boa fiança!

VALENTIM

Conto comigo.

DOUTOR

Ah! melhor ainda!

Cena VII

DOUTOR, VALENTIM, INOCÊNCIO

INOCÊNCIO

O corredor está deserto.

DOUTOR

Os criados servem à mesa. D. Carlota está almoçando. Está melhor?

INOCÊNCIO

Um tanto.

VALENTIM

Esteve doente, Sr. Inocêncio?

INOCÊNCIO

Sim, tive uma ligeira vertigem. Passou. Efeitos do amor... quero dizer... do calor.

VALENTIM

Ah!

INOCÊNCIO

Pois olhe já sofri calor de estalar passarinho. Não sei como isto foi. Enfim, são cousas que dependem das circunstâncias.

VALENTIM

Houve circunstâncias?

INOCÊNCIO
Houve... (*sorrindo*) Mas não as digo... não!

VALENTIM
É segredo?

INOCÊNCIO
Se é!

VALENTIM
Sou discreto, como uma sepultura; fale!

INOCÊNCIO
Oh! não! É um segredo meu e de mais ninguém... ou a bem dizer, meu e de outra pessoa... ou não, meu só!

DOUTOR
Respeitamos os segredos, seus ou de outros!

INOCÊNCIO
V. Sa. é um portento! Nunca me hei de esquecer que me comparou ao sol! A certos respeitos andou avisado: eu sou uma espécie de sol, com uma diferença, é que não nasço para todos, nasço para todas!

DOUTOR
Oh! Oh!

VALENTIM

Mas V. Sa. está mais na idade de morrer que de nascer.

INOCÊNCIO

Apre lá! com trinta e oito anos, a idade viril! V. Sa. é que é uma criança!

VALENTIM

Enganaram-me então. Ouvi dizer que V. Sa. fora dos últimos a beijar a mão de D. João VI, quando daqui se foi, e que nesse tempo era já taludo...

INOCÊNCIO

Há quem se divirta em caluniar a minha idade. Que gente invejosa! Onde vai, doutor?

DOUTOR

Vou sair.

VALENTIM

Sem falar a D. Carlota?

DOUTOR

Já me havia despedido quando chegaste. Hei de voltar. Até logo. Adeus, Sr. Inocêncio!

INOCÊNCIO

Felizes tardes, Sr. Doutor!

Cena VIII

VALENTIM, INOCÊNCIO

INOCÊNCIO

É uma pérola este doutor! Delicado e bem-falante! Quando abre a boca parece um deputado na assembleia ou um cômico na casa da ópera!

VALENTIM

Com trinta e oito anos e ainda fala na casa da ópera!

INOCÊNCIO

Parece que V. Sa. ficou engasgado com os meus trinta e oito anos! Supõe talvez que eu seja um Matusalém? Está enganado. Como me vê, faço andar à roda muita cabecinha de moça. A propósito, não acha esta viúva uma bonita senhora?

VALENTIM

Acho.

INOCÊNCIO

Pois é da minha opinião! Delicada, graciosa, elegante, faceira, como ela só... Ah!

VALENTIM

Gosta dela?

INOCÊNCIO
(*com indiferença*)
Eu? gosto. E V. Sa.?

VALENTIM
(*com indiferença*)
Eu? gosto.

INOCÊNCIO
(*com indiferença*)
Assim, assim?

VALENTIM
(*com indiferença*)
Assim, assim.

INOCÊNCIO
(*contentíssimo, apertando-lhe a mão*)
Ah! meu amigo!

Cena IX

VALENTIM, INOCÊNCIO, CARLOTA

VALENTIM

Aguardávamos a sua chegada com a sem-cerimônia de pessoas íntimas.

CARLOTA

Oh! fizeram muito bem! (*senta-se*)

INOCÊNCIO

Não ocultarei que estava ansioso pela presença de V. Exa.

CARLOTA

Ah! obrigada... Aqui estou! (*um silêncio*) Que novidades há, Sr. Inocêncio?

INOCÊNCIO

Chegou o paquete.

CARLOTA

Ah! (*outro silêncio*) Ah! chegou o paquete? (*levanta-se*)

INOCÊNCIO

Já tive a honra de...

CARLOTA

Provavelmente traz notícias de Pernambuco?... do cólera?...

INOCÊNCIO

Costuma a trazer...

CARLOTA

Vou mandar ver cartas... tenho um parente no Recife... Tenham a bondade de esperar...

INOCÊNCIO

Por quem é... não se incomode. Vou eu mesmo.

CARLOTA

Ora! tinha que ver...

INOCÊNCIO

Se mandar um escravo ficará na mesma... demais, eu tenho relações com a administração do correio... O que talvez ninguém possa alcançar já e já, eu me encarrego de obter.

CARLOTA

A sua dedicação corta-me a vontade de impedi-lo. Se me faz o favor...

INOCÊNCIO

Pois não, até já! (*beija-lhe a mão e sai*)

Cena X

CARLOTA, VALENTIM

CARLOTA

Ah! ah! ah!

VALENTIM

V. Exa. ri-se?

CARLOTA

Acredita que foi para despedi-lo que o mandei ver cartas ao correio?

VALENTIM

Não ouso pensar...

CARLOTA

Ouse, porque foi isso mesmo.

VALENTIM

Haverá indiscrição em perguntar com que fim?

CARLOTA

Com o fim de poder interrogá-lo acerca do sentido de suas palavras quando daqui saiu.

VALENTIM

Palavras sem sentido...

CARLOTA

Oh!

VALENTIM

Disse algumas cousas... tolas!

CARLOTA

Está tão calmo para poder avaliar desse modo as suas palavras?

VALENTIM

Estou.

CARLOTA

Demais, o fim trágico que queria dar a uma cousa que começou por idílio... devia assustá-lo.

VALENTIM

Assustar-me? Não conheço o termo.

CARLOTA

É intrépido?

VALENTIM

Um tanto. Quem se expôs à morte não deve temê-la em caso nenhum.

CARLOTA

Oh! oh! poeta, e intrépido de mais a mais.

VALENTIM
Como lorde Byron.

CARLOTA
Era capaz de uma segunda prova do caso de Leandro?[9]

VALENTIM
Era. Mas eu já tenho feito cousas equivalentes.

CARLOTA
Matou algum elefante, algum hipopótamo?

VALENTIM
Matei uma onça.

CARLOTA
Uma onça?

VALENTIM
Pele malhada das cores mais vivas e esplêndidas; garras largas e possantes; olhar

9. Segundo a mitologia grega, Leandro era um jovem que vivia em Abido, na parte asiática do Helesponto (hoje conhecido como estreito de Dardanelos, na atual Turquia), apaixonado por Hero, sacerdotisa de Vênus que vivia em Sesto, na parte europeia do Helesponto. Para ver sua amada, Leandro todas as noites cruzava o estreito a nado, até uma noite de tempestade, em que perdeu as forças e se afogou. Durante muito tempo, acreditou-se ser fictícia a façanha de Leandro, até que, no século XIX, o poeta inglês George Gordon, o lorde Byron, provou ser possível, atravessando ele mesmo a nado o estreito. [MD]

fulvo, peito largo, e duas ordens de dentes afiados como espadas.

CARLOTA

Jesus! Esteve diante desse animal!

VALENTIM

Mais do que isso; lutei com ele e matei-o.

CARLOTA

Onde foi isso?

VALENTIM

Em Goiás.

CARLOTA

Conte essa história, novo Gaspar Correia.

VALENTIM

Tinha eu vinte anos. Andávamos à caça eu e mais alguns. Internamo-nos mais do que devíamos pelo mato. Eu levava comigo uma espingarda, uma pistola e uma faca de caça. Os meus companheiros afastaram-se de mim. Tratava de procurá-los quando senti passos... Voltei-me...

CARLOTA

Era a onça?

VALENTIM
Era a onça. Com o olhar fito sobre mim parecia disposta a dar-me o bote. Encarei-a, tirei cautelosamente a pistola e atirei sobre ela. O tiro não lhe fez mal. Protegido pelo fumo da pólvora, acastelei-me atrás de um tronco de árvore. A onça foi-me no encalço, e durante algum tempo andamos, eu e ela, a dançar à roda do tronco. Repentinamente levantou as patas e tentou esmagar-me abraçando a árvore, mais rápido que o raio, agarrei-lhe as mãos e apertei-a contra o tronco. Procurando escapar-me, a fera quis morder-me em uma das mãos; com a mesma rapidez tirei a faca de caça e cravei-lha no pescoço; agarrei-lhe de novo a pata e continuei a apertá-la, até que os meus companheiros, orientados pelo tiro, chegaram ao lugar do combate.

CARLOTA
E mataram?...

VALENTIM
Não foi preciso. Quando larguei as mãos da fera, um cadáver pesado e tépido caiu no chão.

CARLOTA
Ora, mas isto é a história de um quadro da Academia!¹⁰

VALENTIM
Só há um exemplar de cada feito heroico?

CARLOTA
Pois, deveras, matou uma onça?

VALENTIM
Conservo-lhe a pele como uma relíquia preciosa.

CARLOTA
É valente; mas pensando bem não sei de que vale ser valente.

VALENTIM
Oh!ᴬ

CARLOTA
Palavra que não sei. Essa valentia fora do comum não é dos nossos dias. As proezas tiveram seu tempo; não me entusiasma essa luta do homem com a fera, que nos aproxima dos tempos bárbaros da humanidade. Compreendo agora a razão por que

---

10. A referência é à Academia Imperial de Belas Artes, sucedânea da Escola Real de Ciências, Artes e Ofícios, fundada por d. João VI no Rio de Janeiro em 1816. [MD]

usa dos perfumes mais ativos; é para disfarçar o cheiro dos filhos do mato,[A] que naturalmente há de ter encontrado mais de uma vez. Faz bem.

VALENTIM

Fera verdadeira é a que V. Exa. me atira com esse riso sarcástico. O que pensa então que possa excitar o entusiasmo?

CARLOTA

Ora, muita cousa! Não o entusiasmo dos heróis de Homero; um entusiasmo mais condigno dos nossos tempos. Não precisa ultrapassar as portas da cidade para ganhar títulos à admiração dos homens.

VALENTIM

V. Exa. acredita que seja uma verdade o aperfeiçoamento moral dos homens na vida das cidades?

CARLOTA

Acredito.

VALENTIM

Pois acredita mal. A vida das cidades estraga os sentimentos. Aqueles que eu pude ganhar e entreter na assistência das florestas, perdi-os depois que entrei na vida tumultuária das cidades. V. Exa. ainda não conhece as mais verdadeiras opiniões.

CARLOTA
Dar-se-á caso que venha pregar contra o amor?...

VALENTIM
O amor! V. Exa. pronuncia essa palavra com uma veneração que parece estar falando de cousas sagradas! Ignora que o amor é uma invenção humana?

CARLOTA
Oh!

VALENTIM
Os homens, que inventaram tanta cousa, inventaram também este sentimento. Para dar justificação moral à união dos sexos inventou-se o amor, como se inventou o casamento para dar-lhe justificação legal. Esses pretextos, com o andar do tempo, tornaram-se motivos. Eis o que é o amor!

CARLOTA
É mesmo o senhor quem me fala assim?

VALENTIM
Eu mesmo.

CARLOTA
Não parece. Como pensa a respeito das mulheres?

VALENTIM

Aí é mais difícil. Penso muita cousa e não penso nada. Não sei como avaliar essa outra parte da humanidade extraída das costelas de Adão. Quem pode pôr leis ao mar? É o mesmo com as mulheres. O melhor é navegar descuidadamente, a pano largo.

CARLOTA

Isso é leviandade.

VALENTIM

Oh! minha senhora!

CARLOTA

Chamo leviandade para não chamar despeito.

VALENTIM

Então há muito tempo que sou leviano ou ando despeitado, porque esta é a minha opinião de longos anos. Pois ainda acredita na afeição íntima entre a descrença masculina e... dá licença? a leviandade feminina?

CARLOTA

É um homem perdido, Sr. Valentim. Ainda há santas afeições, crenças nos homens, e juízo nas mulheres.[A] Não queira tirar a prova real pelas exceções. Some a regra geral e há de ver. Ah! mas agora percebo!

VALENTIM
O quê?

CARLOTA
(*rindo*)
Ah! ah! ah! Ouça muito baixinho, para que nem as paredes possam ouvir: este não é ainda o caminho do meu coração, nem a valentia, tampouco.

VALENTIM
Ah! tanto melhor! Volto ao ponto da partida e desisto da glória...

CARLOTA
Desanima? (*Entra o doutor.*)

VALENTIM
Dou-me por satisfeito. Mas já se vê, como cavaleiro,[11] sem rancor nem hostilidade. (*Entra Inocêncio.*)

CARLOTA
É arriscar-se a novas tentativas.

VALENTIM
Não.

---

11. Variante de "cavalheiro", muito recorrente na literatura do século XIX, referindo-se a indivíduo nobre e gentil no trato, até hoje dicionarizada com essa acepção. [HG]

CARLOTA
Não seja vaidoso. Está certo?

VALENTIM
Estou. E a razão é esta: quando não se pode atinar com o caminho do coração toma-se — o caminho da porta. (*cumprimenta e dirige-se para a porta*)

CARLOTA
Ah! — Pois que vá! — Estava aí Sr. doutor? Tome cadeira.

DOUTOR
(*baixo*)
Com uma advertência: — Há muito tempo que me fui pelo caminho da porta.

CARLOTA
(*séria*)
Prepararam ambos esta comédia?

DOUTOR
Comédia, com efeito, cuja moralidade Valentim incumbiu-se de resumir — Quando não se pode atinar com o caminho do coração, deve-se tomar sem demora o caminho da porta. (*Saem o doutor e Valentim.*)

CARLOTA
(*vendo Inocêncio*)
Pode sentar-se. (*Indica-lhe uma cadeira. Risonha.*) Como passou?

INOCÊNCIO
(*senta-se meio desconfiado, mas levanta-se logo*)
Perdão: eu também vou pelo caminho da porta! (*Sai. Carlota atravessa arrebatadamente a cena. Cai o pano.*)

O protocolo

Comédia em um ato

Representada pela primeira vez
no Ateneu Dramático
em dezembro^A de 1862

— — — — —

Personagens

PINHEIRO
VENÂNCIO ALVES
ELISA
LULU[12]

Atualidade

----

12. Na edição de 1863, ao lado dos nomes das personagens, leem-se os dos atores que as representaram, respectivamente sr. Cardoso, sr. Pimentel, sra. d. Maria Fernanda e sra. d. Jesuína Montani. [KO]

Em casa de Pinheiro
(*Sala de visitas*)

Cena I
ELISA, VENÂNCIO ALVES

ELISA
Está meditando?

VENÂNCIO
(*como que acordando*)
Ah! perdão!

ELISA
Estou afeita à alegria constante de Lulu, e não posso ver ninguém triste.

VENÂNCIO
Exceto a senhora mesma.

ELISA
Eu!

VENÂNCIO
A senhora!

ELISA
Triste, por quê, meu Deus?

VENÂNCIO
Eu sei! Se a rosa dos campos me fizesse a mesma pergunta, eu responderia que era falta de orvalho e de sol. Quer que lhe diga que é falta de... de amor?

ELISA
(*rindo-se*)
Não diga isso!

VENÂNCIO
Com certeza, é.

ELISA
Donde conclui?

VENÂNCIO
A senhora tem um sol oficial e um orvalho legal que não sabem animá-la. Há nuvens...

ELISA
É suspeita sem fundamento.

VENÂNCIO
É realidade.

ELISA
Que franqueza a sua!

VENÂNCIO
Ah! é que o meu coração é virginal, e portanto sincero.

ELISA
Virginal a todos os respeitos?

VENÂNCIO
Menos a um.

ELISA
Não serei indiscreta: é feliz.

VENÂNCIO
Esse é o engano. Basta essa exceção para trazer-me em um temporal. Tive até certo tempo o sossego e a paz do homem que está fechado no gabinete sem se lhe dar da chuva que açoita as vidraças.

ELISA
Por que não se deixou ficar no gabinete?

VENÂNCIO
Podia acaso fazê-lo? Passou fora a melodia do amor; o coração é curioso e bateu-me que saísse, levantei-me, deixei o livro que estava lendo; era *Paulo e Virgínia*! Abri a porta e nesse momento a fada passava. (*reparando nela*) Era de olhos negros e cabelos castanhos.

ELISA

Que fez?

VENÂNCIO

Deixei o gabinete, o livro, tudo para seguir a fada do amor!

ELISA

Não reparou se ela ia só?

VENÂNCIO
(*suspirando*)

Não ia só!

ELISA
(*em tom de censura*)

Fez mal.

VENÂNCIO

Talvez. Curioso animal que é o homem! Em criança deixa a casa paterna para acompanhar os batalhões que vão à parada; na mocidade deixa os conchegos e a paz para seguir a fada do amor; na idade madura deixa-se levar pelo deus Momo da política ou por qualquer outra fábula do tempo. Só na velhice deixa passar tudo sem mover-se, mas... é porque já não tem pernas!

ELISA

Mas que tencionava fazer se ela não ia só?

VENÂNCIO
Nem sei.

ELISA
Foi loucura. Apanhou chuva?

VENÂNCIO
Ainda estou apanhando.

ELISA
Então é um extravagante.

VENÂNCIO
Sim. Mas um extravagante por amor... Ó poesia!

ELISA
Mau gosto!

VENÂNCIO
A Sra. é a menos competente para dizer isso.

ELISA
É sua opinião?

VENÂNCIO
É opinião deste espelho.

ELISA
Ora!

VENÂNCIO
E dos meus olhos também.

ELISA
Também dos seus olhos?

VENÂNCIO
Olhe para eles.

ELISA
Estou olhando.

VENÂNCIO
O que vê dentro?

ELISA
Vejo... (*com enfado*) Não vejo nada!

VENÂNCIO
Ah! está convencida!

ELISA
Presumido!

VENÂNCIO
Eu! Essa agora não é má!

ELISA
Para que seguiu quem passava quieta pela rua? Supunha abrandá-la com as suas mágoas?

VENÂNCIO
Acompanhei-a, não para abrandá-la, mas para servi-la; viver do rasto de seus pés, das migalhas dos seus olhares; apontar-lhe os regos a saltar, apanhar-lhe o leque quando caísse... (*Cai o leque a Elisa. Venâncio Alves apressa-se a apanhá-lo e entrega-lho.*) Finalmente...

ELISA
Finalmente... fazer profissão de presumido!

VENÂNCIO
Acredita deveras que o seja?

ELISA
Parece.

VENÂNCIO
Pareço, mas não sou. Presumido seria se eu exigisse a atenção exclusiva da fada da noite. Não quero! Basta-me ter coração para amá-la, é a minha maior ventura!

ELISA
A que pode levá-lo esse amor? Mais vale sufocar no coração a chama nascente do que condená-lo[A] a arder em vão.

VENÂNCIO

Não; é uma fatalidade! Arder e renascer, como a fênix, suplício eterno, mas amor eterno também.

ELISA

Eia! Ouça uma... amiga. Não dê a esse sentimento tanta importância. Não é a fatalidade da fênix, é a fatalidade... do relógio. Olhe para aquele. Lá anda correndo e regulando; mas se amanhã não lhe derem corda, ele parará. Não dê corda à paixão, que ela parará por si.

VENÂNCIO

Isso não!

ELISA

Faça isso... por mim!

VENÂNCIO

Pela senhora! Sim... Não...

ELISA

Tenha ânimo!

Cena II
VENÂNCIO ALVES, ELISA, PINHEIRO

PINHEIRO
(*a Venâncio*)
Como está?

VENÂNCIO
Bom. Conversávamos sobre cousas da moda. Viu os últimos figurinos? São de apurado gosto.

PINHEIRO
Não vi.

VENÂNCIO
Está com um ar triste...

PINHEIRO
Triste, não; aborrecido... É a minha moléstia do domingo.

VENÂNCIO
Ah!

PINHEIRO
Ando a abrir e fechar a boca; é um círculo vicioso.

ELISA

Com licença.

VENÂNCIO

Oh! minha senhora!

ELISA

Eu faço anos hoje; venha jantar conosco.

VENÂNCIO

Venho. Até logo.

Cena III

PINHEIRO, VENÂNCIO ALVES

VENÂNCIO

Anda então em um círculo vicioso?

PINHEIRO

É verdade. Tentei dormir, não pude; tentei ler, não pude. Que tédio, meu amigo!

VENÂNCIO

Admira!

PINHEIRO

Por quê?

VENÂNCIO

Porque não sendo viúvo nem solteiro...

PINHEIRO

Sou casado...

VENÂNCIO

É verdade.

PINHEIRO

Que adianta?[A]

VENÂNCIO
É boa! adianta ser casado. Compreende nada melhor que o casamento?

PINHEIRO
O que pensa da China, Sr. Venâncio?

VENÂNCIO
Eu? Penso...

PINHEIRO
Já sei, vai repetir-me o que tem lido nos livros e visto nas gravuras; não sabe mais nada.

VENÂNCIO
Mas as narrações verídicas...

PINHEIRO
São minguadas ou exageradas. Vá à China, e verá como as cousas mudam tanto ou quanto de figura.

VENÂNCIO
Para adquirir essa certeza não vou lá.

PINHEIRO
É o que lhe aconselho; não se case!

VENÂNCIO
Que não me case?

PINHEIRO
Ou não vá à China, como queira. De fora, conjecturas, sonhos, castelos no ar, esperanças, comoções... Vem o padre, dá a mão aos noivos, leva-os, chegam às muralhas... Upa! estão na China! Com a altura da queda fica-se atordoado, e os sonhos de fora continuam dentro: é a lua de mel; mas, à proporção que o espírito se restabelece, vai vendo o país como ele é; então poucos lhe chamam celeste império, alguns infernal império, muitos purgatorial império!

VENÂNCIO
Ora, que banalidade!

PINHEIRO
Parece-lhe?

VENÂNCIO
E que sofisma!

PINHEIRO
Quantos anos tem, Sr. Venâncio?

VENÂNCIO
Vinte e quatro.

PINHEIRO
Está com a mania que eu tinha na sua idade.

VENÂNCIO
Qual mania?

PINHEIRO
A de querer acomodar todas as cousas à lógica, e a lógica a todas as cousas. Viva, experimente e convencer-se-á de que nem sempre se pode alcançar isso.

VENÂNCIO
Quer-me parecer que há nuvens no céu conjugal?

PINHEIRO
Há. Nuvens pesadas.

VENÂNCIO
Já eu as tinha visto com o meu telescópio.

PINHEIRO
Ah! se eu não estivesse preso...

VENÂNCIO
É exageração de sua parte. Capitule, Sr. Pinheiro, capitule. Com mulheres bonitas é um consolo capitular. Há de ser o meu preceito de marido.

PINHEIRO
Capitular é vergonha.

VENÂNCIO
Com uma moça encantadora?...

PINHEIRO
Não é uma razão.

VENÂNCIO
Alto lá! Beleza obriga.

PINHEIRO
Pode ser verdade, mas eu peço respeitosamente licença para declarar-lhe que estou com o novo princípio da não intervenção nos estados. Nada de intervenções.

VENÂNCIO
A minha intervenção é toda conciliatória.

PINHEIRO
Não duvido, nem duvidava. Não veja no que disse injúria pessoal. Folgo de recebê-lo e de contá-lo entre os afeiçoados de minha família.

VENÂNCIO
Muito obrigado. Dá-me licença?

PINHEIRO
Vai rancoroso?

VENÂNCIO
Ora qual! Até a hora do jantar.

PINHEIRO

Há de desculpar-me, não janto em casa.
Mas considere-se com a mesma liberdade.
(*Sai Venâncio. Entra Lulu.*)

Cena IV

PINHEIRO, LULU

LULU

Viva primo!

PINHEIRO

Como estás, Lulu?

LULU

Meu Deus, que cara feia!

PINHEIRO

Pois é a que trago sempre.

LULU

Não é, não, senhor; a sua cara de costume é uma cara amável; essa é de afugentar a gente. Deu agora para andar arrufado com sua mulher!

PINHEIRO

Mau!

LULU

Escusa de zangar-se também comigo. O primo é um bom marido; a prima é uma excelente esposa; ambos formam um excelente casal. É bonito andarem amuados, sem se olharem nem se falarem? Até parece namoro!

PINHEIRO
Ah! tu namoras assim?

LULU
Eu não namoro.

PINHEIRO
Com essa idade?

LULU
Pois então! Mas escute: estes arrufos vão continuar?

PINHEIRO
Eu sei lá.

LULU
Sabe, sim. Veja se isto é bonito na lua de mel; ainda não há cinco meses que se casaram.

PINHEIRO
Não há, não. Mas a data não vem ao caso. A lua de mel ofuscou-se; é alguma nuvem que passa; deixá-la^A passar. Queres que eu faça como aquele doudo que, ao enublar-se o luar, pedia a Júpiter que espevitasse o candeeiro? Júpiter é independente, e me apagaria de todo o luar, como fez com o

doudo. Aguardemos antes que algum vento sopre do norte, ou do sul, e venha dissipar a passageira sombra.

LULU
Pois sim! Ela é o norte, o primo é o sul; faça com que o vento sopre do sul.

PINHEIRO
Não, senhora, há de soprar do norte.

LULU
Capricho sem graça!

PINHEIRO
Queres saber de uma cousa, Lulu? Estou pensando que és uma brisazinha do norte encarregada de fazer clarear o céu.

LULU
Oh! nem por graça!

PINHEIRO
Confessa, Lulu!

LULU
Posso ser uma brisa do sul, isso sim!

PINHEIRO
Não terás essa glória.

LULU

Então o primo é caprichoso assim?

PINHEIRO

Caprichoso? Ousas tu, posteridade de Eva, falar de capricho a mim, posteridade de Adão!

LULU

Oh!...

PINHEIRO

Tua prima é uma caprichosa. De seus caprichos nasceram estas diferenças entre nós. Mas para caprichosa, caprichoso: contrafiz-me, estudei no código feminino meios de pôr os pés à parede, e tornei-me de antes quebrar que torcer. Se ela não der um passo, também eu não dou.

LULU

Pois eu estendo a mão direita a um, e a esquerda a outro, e os aproximarei.

PINHEIRO

Queres ser o anjo da reconciliação?

LULU

Tal qual.

PINHEIRO
Contanto que eu não passe pelas forcas caudinas.[13]

LULU
Hei de fazer as cousas airosamente.

PINHEIRO
Insistes nisso? Eu podia dizer que era ainda um capricho de mulher. Mas não digo não, chamo antes afeição e dedicação.

---

13. A chamada batalha das Forcas Caudinas foi um confronto entre as forças da República Romana e do povo samnita, no sul da atual Itália, em 321 a.C. Rigorosamente, não foi uma batalha, porque os dois exércitos não chegaram a se enfrentar, sendo o conflito inteiramente resolvido por meios diplomáticos. Na edição de 1863, aparece, por engano, "forças". [MD]

Cena V

PINHEIRO, LULU, ELISA

LULU
(*baixo*)
Olhe, aí está ela!

PINHEIRO
(*baixo*)
Deixá-la.ᴬ

ELISA
Andava a tua procura, Lulu.

LULU
Para quê, prima?

ELISA
Para me dares uma pouca de lã.

LULU
Não tenho aqui; vou buscar.

PINHEIRO
Lulu!

LULU
O que é?

PINHEIRO

(*baixo*)

Dize a tua prima que eu janto fora.

LULU

(*indo a Elisa, baixo*)

O primo janta fora.

ELISA

(*baixo*)

Se é por ter o que fazer podemos esperar.

LULU

(*a Pinheiro, baixo*)

Se é por ter o que^A fazer podemos esperar.

PINHEIRO

(*baixo*)

É um convite.

LULU

(*alto*)

É um convite.

ELISA

(*alto*)

Ah! se é um convite pode ir; jantaremos sós.

PINHEIRO
(*levantando-se*)
Consentirá, minha senhora, que lhe faça uma observação: mesmo sem a sua licença, eu podia ir!

ELISA
Ah! é claro! Direito de marido... Quem lho contesta?

PINHEIRO
Havia de ser engraçada a contestação!

ELISA
Mesmo muito engraçada!

PINHEIRO
Tanto, quanto foi ridícula a licença.

LULU
Primo!

PINHEIRO
(*a Lulu*)
Cuida das tuas novelas! Vai encher a cabeça de romantismo, é moda; colhe as ideias absurdas que encontrares nos livros, e depois faz da casa de teu marido a cena do que houveres aprendido com as leituras: é também moda. (*sai arrebatadamente*)

Cena VI
LULU, ELISA

LULU
Como está o primo!

ELISA
Mau humor, há de passar!

LULU
Sabe como passava depressa? Pondo fim a estes amuos.

ELISA
Sim, mas cedendo ele.

LULU
Ora, isso é teima!

ELISA
É dignidade!

LULU
Passam dias sem se falarem,[A] e, quando se falam, é assim.

ELISA
Ah! isto é o que menos cuidado me dá. Ao princípio fiquei amofinada, e devo dizê-lo, chorei. São cousas estas que só

se confessam entre mulheres. Mas hoje vou fazer o que as outras fazem: curar pouco das torturas domésticas. Coração à larga, minha filha, ganha-se o céu, e não se perde a terra.

LULU

Isso é zanga!

ELISA

Não é zanga, é filosofia. Há de chegar o teu dia, deixa estar. Saberás então quanto vale a ciência do casamento.

LULU

Pois explica, mestra.

ELISA

Não; saberás por ti mesma. Quero, entretanto, instruir-te de uma cousa. Não lhe ouviste falar no direito? É engraçada a história do direito! Todos os poetas concordam em dar às mulheres o nome de anjos. Os outros homens não se atrevem a negar, mas dizem consigo "Também nós somos anjos!". Nisto há sempre um espelho ao lado, que lhes faz ver que, para anjos faltam-lhes... asas. Asas! asas! a todo o custo. E arranjam-nas; legítimas ou não, pouco importa. Essas asas os levam a jantar fora, a dormir fora, muitas vezes a amar fora. A essas asas chamam enfaticamente: o nosso direito!

LULU

Mas, prima, as nossas asas?

ELISA

As nossas? Bem se vê que és inexperiente. Estuda, estuda, e hás de achá-las.

LULU

Prefiro não usar delas.

ELISA

Hás de dizer o contrário quando for ocasião. Meu marido lá bateu as suas;^ o direito de jantar fora! Caprichou em não levar-me à casa de minha madrinha; é ainda o direito. Daqui nasceram os nossos arrufos, arrufos sérios. Uma santa zangar-se-ia, como eu. Para caprichoso, caprichosa!

LULU

Pois sim! mas estas cousas vão dando na vista; já as pessoas que frequentam a nossa casa têm reparado; o Venâncio Alves não me deixa sossegar com as suas perguntas.

ELISA

Ah! sim!

LULU

Que rapaz aborrecido, prima!

ELISA

Não acho!

LULU

Pois eu acho: aborrecido com as suas afetações!

ELISA

Como aprecias mal! Ele fala com graça e chama-o afetado!...^

LULU

Que olhos os seus, prima!

ELISA

(*indo ao espelho*)
São bonitos?

LULU

São maus.

ELISA

Em quê, minha filósofa?

LULU

Em verem o anverso de Venâncio Alves, e o reverso do primo.

ELISA

És uma tola.

LULU

Só?

ELISA

E uma descomedida.

LULU

É porque os amo a ambos. E depois...

ELISA

Depois, o quê?

LULU

Vejo no Venâncio Alves um arzinho de pretendente.

ELISA

À tua mão direita?

LULU

À tua mão esquerda.

ELISA

Oh!

LULU

É cousa que se adivinha... (*ouve-se um carro*) Aí está o homem.

ELISA

Vai recebê-lo. (*Lulu vai até à porta. Elisa chega-se a um espelho e compõe o toucado.*)

Cena VII

ELISA, LULU, VENÂNCIO

LULU
O Sr. Venâncio Alves chega a propósito; falávamos na sua pessoa.

VENÂNCIO
Em que ocupava eu a atenção de tão gentis senhoras?

LULU
Fazíamos o inventário das suas qualidades.

VENÂNCIO
Exageravam-me o cabedal, já sei.

LULU
A prima dizia: "Que moço amável é o Sr. Venâncio Alves!".

VENÂNCIO
Ah! e a senhora?

LULU
Eu dizia: "Que moço amabilíssimo é o Sr. Venâncio Alves!".

VENÂNCIO
Dava-me o superlativo. Não me cai no chão esta atenção gramatical.

LULU
Eu sou assim: estimo ou aborreço no superlativo. Não é,[A] prima?

ELISA
(*contrariada*)
Eu sei lá!

VENÂNCIO
Como deve ser triste cair-lhe no desagrado!

LULU
Vou avisando, é o superlativo!

VENÂNCIO
Dou-me por feliz. Creio que lhe caí em graça...

LULU
Caiu! Caiu! Caiu!

ELISA
Lulu, vai buscar a lã.

LULU
Vou,[B] prima, vou. (*sai correndo*)

Cena VIII
VENÂNCIO, ELISA

VENÂNCIO
Voa qual uma andorinha esta moça!

ELISA
É próprio da idade.

VENÂNCIO
Vou sangrar-me...

ELISA
Hein?

VENÂNCIO
Sangrar-me em saúde contra uma suspeita sua.

ELISA
Suspeita?

VENÂNCIO
Suspeita de haver-me adiantado o meu relógio.

ELISA
(*rindo*)
Posso crê-lo.

VENÂNCIO
Estará em erro. Olhe, são duas horas; confronte com o seu: duas horas.

ELISA
Pensa que acreditei seriamente?

VENÂNCIO
Vim mais cedo, e de passagem. Quis antecipar-me aos outros no cumprimento de um dever. Os antigos, em prova de respeito, depunham aos pés dos deuses grinaldas e festões; o nosso tempo, infinitamente prosaico, só nos permite oferendas prosaicas; neste álbum ponho eu o testemunho do meu júbilo pelo dia de hoje.[14]

ELISA
Obrigada. Creio no sentimento que o inspira e admiro o gosto da escolha.

VENÂNCIO
Não é a mim que deve tecer o elogio.

ELISA
Foi gosto de quem vendeu?

---

14. A prática de colecionar poemas, assinaturas e dedicatórias de personalidades foi muito difundida ao longo do século XIX até a virada para o século XX. O material era registrado em álbuns, para serem posteriormente exibidos como relíquias pelos mais afortunados, e era tanto mais valorizado de acordo com a importância e celebridade dos assinantes. [LS]

VENÂNCIO
Não, minha senhora, eu próprio o escolhi; mas a escolha foi das mais involuntárias; tinha a sua imagem na cabeça, e não podia deixar de acertar.

ELISA
É uma fineza de quebra. (*folheia o álbum*)

VENÂNCIO
É por isso que me vibra um golpe?

ELISA
Um golpe?

VENÂNCIO
É tão casta que não há de calcular comigo; mas as suas palavras são proferidas com uma indiferença que eu direi instintiva.

ELISA
Não creia...

VENÂNCIO
Que não creia na indiferença?

ELISA
Não... Não creia no cálculo...

VENÂNCIO
Já disse que não. Em que devo crer seriamente?

ELISA

Não sei...

VENÂNCIO

Em nada, não lhe parece?

ELISA

Não reza a história de que os antigos, ao depositarem as suas oferendas, apostrofassem os deuses.

VENÂNCIO

É verdade: este uso é do nosso tempo.

ELISA

Do nosso prosaico tempo.

VENÂNCIO

A senhora ri? Riamos todos! Também eu rio, e da melhor vontade.

ELISA

Pode rir sem temor. Acha que sou deusa? Mas os deuses já se foram. Estátua, isto sim.

VENÂNCIO

Será estátua. Não me inculpe, nesse caso, a admiração.

ELISA

Não inculpo, aconselho.

VENÂNCIO

(*repoltreando-se*)

Foi excelente esta ideia do divã. É um consolo para quem está cansado, e quando à comodidade junta o bom gosto, como este, então é ouro sobre azul. Não acha engenhoso, D. Elisa?

ELISA

Acho.

VENÂNCIO

Devia ser inscrito entre os beneméritos da humanidade o autor disto. Com trastes assim,[15] e dentro de uma casinha de campo, prometo ser o mais sincero anacoreta que jamais fugiu às tentações do mundo. Onde comprou este?

ELISA

Em casa de Costrejean.[16]

VENÂNCIO

Comprou uma preciosidade.

---

15. A palavra "trastes" é aqui utilizada no sentido, muito comum no século XIX, de "móveis". [MD]
16. O estabelecimento que vendia móveis e tapeçarias finas, além de outros objetos para ornamentação de casas, levava o sobrenome do seu proprietário, Alexandre Costrejean, e estava em atividade na rua do Ouvidor, no Rio de Janeiro, desde a década de 1840. [HG]

ELISA

Com outra que está agora por cima, e que eu não comprei, fazem duas, duas preciosidades.

VENÂNCIO

Disse muito bem! É tal o conchego que até se podem esquecer as horas... É verdade, que horas são? Duas e meia. A senhora dá-me licença?

ELISA

Já se vai?

VENÂNCIO

Até a hora do jantar.

ELISA

Olhe, não me queira mal.

VENÂNCIO

Eu, mal! E por quê?

ELISA

Não me obrigue a explicações inúteis.

VENÂNCIO

Não obrigo, não. Compreendo de sobejo a sua intenção. Mas, francamente, se a flor está alta para ser colhida, é crime aspirar--lhe de longe o aroma e adorá-la?

ELISA

Crime não é.

VENÂNCIO

São duas e meia. Até à hora do jantar.

Cena IX

VENÂNCIO, ELISA, LULU

LULU

Sai com a minha chegada?

VENÂNCIO

Ia sair.

LULU

Até quando?

VENÂNCIO

Até à hora do jantar.

LULU

Ah! janta conosco?

ELISA

Sabes que faço anos, e esse dia é o dos amigos.

LULU

É justo, é justo!

VENÂNCIO

Até logo.

Cena X

LULU, ELISA

LULU
Oh! teve presente!

ELISA
Não achas de gosto?

LULU
Não tanto.

ELISA
É prevenção. Suspeitas que é do Venâncio Alves?

LULU
Atinei logo.

ELISA
Que tens contra esse moço?

LULU
Já to disse.

ELISA
É mau deixar-se ir pelas antipatias.

LULU
Antipatias não tenho.

ELISA

Alguém sobe.

LULU

Há de ser o primo.

ELISA

Ele! (*sai*)

Cena XI

PINHEIRO, LULU

LULU

Viva! está mais calmo?

PINHEIRO

Calmo sempre, menos nas ocasiões em que és... indiscreta.

LULU

Indiscreta!

PINHEIRO

Indiscreta, sim senhora! Para que veio aquela exclamação quando eu falava com Elisa?

LULU

Foi porque o primo falou de um modo...

PINHEIRO

De um modo, que é o meu modo, que é modo de todos os maridos contrariados.

LULU

De um modo que não é o seu, primo. Para que fazer-se mau quando é bom? Pensa que não se percebe quanto lhe custa contrafazer-se?

PINHEIRO
Vais^A dizer que sou um anjo!

LULU
O primo é um excelente homem, isso sim. Olhe, sou importuna, e hei de sê-lo até vê-los desamuados.

PINHEIRO
Ora, prima, para irmã da caridade, és muito criança. Dispenso os teus conselhos e os teus serviços.

LULU
É um ingrato.

PINHEIRO
Serei.

LULU
Homem sem coração.

PINHEIRO
Quanto a isso, é questão de fato; põe aqui a tua mão, não sentes bater? É o coração.

LULU
Eu sinto um charuto.

PINHEIRO
Um charuto? Pois é isso mesmo. Coração e charuto são símbolos um do outro; ambos

se queimam e se desfazem em cinzas. Olha, este charuto, sei eu que o tenho para fumar; mas o coração, esse creio que já está todo no cinzeiro.

LULU

Sempre a brincar!

PINHEIRO

Achas que devo chorar?

LULU

Não, mas...

PINHEIRO

Mas o quê?

LULU

Não digo, é uma cousa muito feia.

PINHEIRO

Cousas feias na tua boca, Lulu!

LULU

Muito feia.

PINHEIRO

Não há de ser, dize.

LULU

Demais, posso[A] parecer indiscreta.

PINHEIRO
Ora, qual. É alguma cousa de meu interesse?

LULU
Se é!

PINHEIRO
Pois, então, não és indiscreta!

LULU
Então, quantas caras tem a indiscrição?

PINHEIRO
Duas.

LULU
Boa moral!

PINHEIRO
Moral à parte. Fala, o que é?

LULU
Que curioso! É uma simples observação; não lhe parece que é mau desamparar a ovelha, havendo tantos lobos, primo?

PINHEIRO
Onde aprendeste isso?

LULU
Nos livros que me dão para ler.

PINHEIRO
Estás adiantada! E já que sabes tanto, falarei como se falasse a um livro. Primeiramente, eu não desamparo; depois, não vejo lobos.

LULU
Desampara, sim!

PINHEIRO
Não estou em casa?

LULU
Desampara o coração.

PINHEIRO
Mas os lobos?...

LULU
Os lobos vestem-se de cordeiros, e apertam a mão ao pastor, conversam com ele, sem que deixem de olhar furtivamente para a ovelha mal guardada.

PINHEIRO
Não há nenhum.

LULU
São assíduos; visitas sobre visitas; muita zumbaia, muita atenção, mas lá por dentro a ruminarem cousas más.

PINHEIRO
Ora, Lulu, deixa-te de tolices.

LULU
Não digo mais nada. Onde foi Venâncio Alves?

PINHEIRO
Não sei. Ali está um que não há de ser acusado de lobo.

LULU
Os lobos vestem-se de cordeiros.

PINHEIRO
O que é que dizes?

LULU
Eu não digo nada. Vou tocar piano. Quer ouvir um noturno ou prefere uma polca?

PINHEIRO
Lulu, ordeno-lhe que fale!

LULU
Para quê? para ser indiscreta?

PINHEIRO
Venâncio Alves?...

LULU

É um tolo, nada mais. (*Sai. Pinheiro fica pensativo. Vai à mesa e vê o álbum.*)

Cena XII

PINHEIRO, ELISA

PINHEIRO

Há de desculpar-me, mas, creio não ser indiscreto, desejando saber com que sentimento recebeu este álbum.

ELISA

Com o sentimento com que se recebem álbuns.

PINHEIRO

A resposta em nada me esclarece.

ELISA

Há então sentimentos para receber álbuns, e há um com que eu devera receber este?

PINHEIRO

Devia saber que há.

ELISA

Pois... recebi com esse.

PINHEIRO

A minha pergunta poderá parecer indiscreta, mas...

ELISA
Oh! indiscreta não!

PINHEIRO
Deixe minha senhora esse tom sarcástico, e veja bem que eu falo sério.

ELISA
Vejo isso. Quanto à pergunta, está exercendo um direito.

PINHEIRO
Não lhe parece que seja um direito este de investigar as intenções dos pássaros que penetram em minha seara, para saber se são daninhos?

ELISA
Sem dúvida. Ao lado desse direito, está o nosso dever, dever das searas, de prestar-se a todas as suspeitas.

PINHEIRO
É inútil a argumentação por esse lado: os pássaros cantam e as cantigas deleitam.

ELISA
Está falando sério?

PINHEIRO
Muito sério.[A]

ELISA
Então consinta que faça contraste: eu rio-
-me.

PINHEIRO
Não me tome por um mau sonhador de perfídias; perguntei porque estou seguro de que não são muito santas as intenções que trazem à minha casa Venâncio Alves.

ELISA
Pois eu nem suspeito...

PINHEIRO
Vê o céu nublado e as águas turvas: pensa que é azada ocasião para pescar.

ELISA
Está feito, é de pescador atilado!

PINHEIRO
Pode ser um mérito a seus olhos, minha senhora; aos meus é um vício, de que o pretendo curar, arrancando-lhe as orelhas.

ELISA
Jesus! está com intenções trágicas!

PINHEIRO
Zombe ou não há de ser assim.

ELISA

Mutilado ele, que pretende fazer da mesquinha Desdêmona?

PINHEIRO

Conduzi-la de novo ao lar paterno.

ELISA

Mas afinal de contas, meu marido, obriga-me a falar^ também seriamente.

PINHEIRO

Que tem a dizer?

ELISA

Fui tirada há meses da casa de meu pai para ser sua mulher; agora, por um pretexto frívolo, leva-me de novo ao lar paterno. Parece-lhe que eu seja uma casaca que se pode tirar por estar fora da moda?

PINHEIRO

Não estou para rir, mas digo-lhe que antes fosse uma casaca.

ELISA

Muito obrigada!

PINHEIRO

Qual foi a casaca que já me deu cuidados? Porventura quando saio com a minha casaca não vou descansado a respeito dela?

Não sei eu perfeitamente que ela não olha
complacente para as costas alheias, e fica
descansada nas minhas?[A]

ELISA

Pois tome-me por uma casaca. Vê em mim
alguns salpicos?[B]

PINHEIRO

Não, não vejo. Mas vejo a rua cheia de lama
e um carro que vai passando; e nestes casos, como não gosto de andar mal asseado,
entro em um corredor, com a minha casaca,
à espera de que a rua fique desimpedida.

ELISA

Bem. Vejo que quer a nossa separação
temporária... até que passe o carro. Durante esse tempo como pretende andar?
Em mangas de camisa?[C]

PINHEIRO

Durante esse tempo não andarei, ficarei
em casa.

ELISA

Oh! suspeita por suspeita! Eu não creio
nessa reclusão voluntária.

PINHEIRO

Não crê? E por quê?

ELISA

Não creio, por mil razões.

PINHEIRO

Dê-me uma, e fique com as novecentas e noventa e nove.ᴀ

ELISA

Posso dar-lhe mais de uma e até todas. A primeira é a simples dificuldade de conter-se entre as quatro paredes desta casa.

PINHEIRO

Verá se posso.

ELISA

A segunda é que não deixará de aproveitar o isolamento para ir ao alfaiate provar outras casacas.

PINHEIRO

Oh!

ELISA

Para ir ao alfaiate é preciso sair; quero crer que não fará vir o alfaiate a casa.

PINHEIRO

Conjecturas suas. Reflita, que não está dizendo cousas assisadas. Conhece o amor que lhe tive e lhe tenho, e sabe de que sou capaz. Mas, voltemos ao ponto de partida.

Este livro pode nada significar e significar muito. (*folheia*) Que responde?

ELISA

Nada.

PINHEIRO

Oh! que é isto? É a letra dele.

ELISA

Não tinha visto.

PINHEIRO

É talvez uma confidência. Posso ler?

ELISA

Por que não?

PINHEIRO

(*lendo*)

"Se me privas dos teus aromas, ó rosa que foste abrir sobre um rochedo, não podes fazer com que eu te não ame, contemple e abençoe!" Como acha isto?

ELISA

Não sei.

PINHEIRO

Não tinha lido?

ELISA

(*sentando-se*)

Não.

PINHEIRO

Sabe quem é esta rosa?

ELISA

Cuida que serei eu?

PINHEIRO

Parece. O rochedo sou eu. Onde vai ele desencavar estas figuras.ᴬ

ELISA

Foi talvez escrito sem intenção...

PINHEIRO

Ai! foi... Ora diga, é bonito isto? Escreveria ele se não houvesse esperanças?

ELISA

Basta. Tenho ouvido. Não quero continuar a ser alvo de suspeitas. Esta frase é intencional; ele viu as águas turvas... De quem a culpa? Dele ou sua? Se as não houvesse agitado, elas estariam plácidas e transparentes como dantes.

PINHEIRO

A culpa é minha?

ELISA
Dirá que não é. Paciência. Juro-lhe que não sou cúmplice nas intenções deste presente.

PINHEIRO
Jura?

ELISA
Juro.

PINHEIRO
Acredito. Dente por dente, Elisa, como na pena de Talião. Aqui tens a minha mão em prova de que esqueço tudo.

ELISA
Também eu tenho a esquecer e esqueço.

Cena XIII

ELISA, PINHEIRO, LULU

_____

LULU

Bravo! voltou o bom tempo?

PINHEIRO

Voltou.

LULU

Graças a Deus! De que lado soprou o vento?

PINHEIRO

De ambos os lados.

LULU

Ora bem!

ELISA

Para um carro.

LULU
(*vai à janela*)

Vou ver.

PINHEIRO

Há de ser ele.

LULU
(*vai à porta*)
Entre, entre.

Cena XIV

LULU, VENÂNCIO, ELISA, PINHEIRO

PINHEIRO
(*baixo a Elisa*)
Poupo-lhe as orelhas, mas hei de tirar desforra...

VENÂNCIO
Não faltei... Oh! não foi jantar fora?

PINHEIRO
Não. A Elisa pediu-me que ficasse...

VENÂNCIO
(*com uma careta*)
Muito estimo.

PINHEIRO
Estima? Pois não é verdade?

VENÂNCIO
Verdade o quê?

PINHEIRO
Que tentasse perpetuar as hostilidades entre a potência marido e a potência mulher?

VENÂNCIO
Não percebo...

PINHEIRO
Ouvi falar de uma conferência e de umas notas... uma intervenção da sua parte na dissidência de dous estados unidos pela natureza e pela lei; gabaram-me os seus meios diplomáticos, as suas conferências repetidas, e até veio parar às minhas mãos este protocolo, tornado agora inútil, e que eu tenho a honra de depositar em suas mãos.

VENÂNCIO
Isto não é um protocolo... é um álbum... não tive intenção...

PINHEIRO
Tivesse ou não, arquive o volume, depois de escrever nele — que a potência Venâncio Alves não entra na santa-aliança.

VENÂNCIO
Não entra?... mas... creia... A senhora... me fará justiça.

ELISA
Eu? Eu entrego-lhe as credenciais.

LULU
Aceite, olhe que deve aceitar.

VENÂNCIO
Minhas senhoras, Sr. Pinheiro. (*sai*)

TODOS

Ah! Ah! Ah!

LULU

O jantar está na mesa. Vamos celebrar o tratado de paz.

Notas sobre o texto

p. 25   A. Na edição de 1863, "muita séria" e "muita insuficiente".
p. 50   A. Foi inserida a vírgula.
p. 88   A. A palavra "Oh!" não está legível nos exemplares consultados.
p. 89   A. Na edição de 1863, é incerto se há ou não pontuação.
p. 91   A. Na edição de 1863, "juízo das mulheres".
p. 95   A. Na edição de 1863, "novembro". Entretanto, a peça estreou em 4 de dezembro de 1862.
p. 103   A. Marinho e Faria alteram para "condená-la".
p. 107   A. Na edição de 1863, "adianto?".
p. 114   A. Na edição de 1863, "deixa-la".
p. 118   A. Na edição de 1863, "Deixa-la".
p. 119   A. Foi acrescentado "o que".
p. 121   A. Foi acrescentada a palavra "sem".
p. 123   A. Foi retirado o acento indicador de crase em "as".
p. 124   A. Na edição de 1863, "chama-lo afetado".
p. 127   A. Foi inserida a vírgula.
        B. Foi inserida a vírgula.
p. 139   A. Na edição de 1863, "Vás", em construção hoje pouco usual, mas frequente nos escritos de Machado de Assis.
p. 140   A. Na edição de 1863, "possa".
p. 146   A. Nos exemplares consultados, não está legível o que vem depois de "seri".
p. 148   A. Na edição de 1863, "falar-me".
p. 149   A. Na edição de 1863, o período termina com ponto-final.
        B. Na edição de 1863 , "algum salpicos".
        C. Na edição de 1863, o período termina com ponto-final.
p. 150   A. Na edição de 1863 , "as novecentos".
p. 152   A. Foi inserido o ponto-final.

Sugestões de leitura

FARIA, João Roberto. *Ideias teatrais: O século XIX no Brasil*. São Paulo: Perspectiva, 2001.

_____. "Machado de Assis, leitor de Musset". *Teresa: Revista de Literatura Brasileira*, São Paulo, USP; Ed. 34; Imprensa Oficial, n. 6/7, pp. 364-84, 2006. Disponível em: <revistas.usp.br/teresa/article/view/116631>. Acesso em: 17 abr. 2022.

GODOI, Rodrigo Camargo de. "Machado de Assis em cena: Representações e recepção crítica das comédias 'O caminho da porta' e 'O protocolo' no Rio de Janeiro (1862)". In: XV Seminário de Teses em Andamento, 2009, Campinas. *Anais...* Campinas: Unicamp, 2010, pp. 1037-48. Disponível em: <revistas.iel.unicamp.br/index.php/seta/article/view/893>. Acesso em: 20 set. 2022.

LOYOLA, Cecília. *Machado de Assis e o teatro das convenções*. Rio de Janeiro: Uapê, 1997.

MAGALHÃES JÚNIOR, Raimundo. *Vida e obra de Machado de Assis*. 2. ed. rev. e ampl. pelo autor. Rio de Janeiro: Record, 2008. v. 1.

MASSA, Jean-Michel. *A juventude de Machado de Assis, 1839-1870: Ensaio de biografia intelectual*. 2. ed. São Paulo: Ed. Unesp, 2009.

PEREIRA, Lúcia Miguel. "Machadinho". In: _____. *Machado de Assis (Estudo crítico e biográfico)* [1936]. 6. ed. Belo Horizonte: Itatiaia; São Paulo: Edusp, 1988, pp. 88-106.

SOUSA, José Galante de. *O teatro no Brasil*. Rio de Janeiro: Instituto Nacional do Livro, 1960. 2 v.

TORNQUIST, Helena. *As novidades velhas: O teatro de Machado de Assis e a comédia francesa*. São Leopoldo: Ed. Unisinos, 2002.

VIEIRA, Anco Márcio Tenório. "Machado de Assis e o teatro nacional". *Revista USP*, São Paulo, n. 26, pp. 182-94, jun./jul./ago. 1995.

_____. "A crítica teatral de Machado de Assis". *Luso-Brazilian Review*, Madison, v. 35, n. 2, pp. 37-51, inverno 1998.

VIEIRA, Anco Márcio Tenório. "Alguns aspectos de metalinguagem no teatro de Machado de Assis". *Revista Graphos*, João Pessoa, v. 12, n. 1, pp. 119-34, 2010. Disponível em: <periodicos.ufpb.br/index.php/graphos/article/view/9858>. Acesso em: 23 ago. 2021.

Índice de peças e cenas

Teatro 23
   Carta a Quintino Bocaiuva 25
   Carta ao autor 27
   O caminho da porta 31
      Cena I 33
      Cena II 39
      Cena III 43
      Cena IV 49
      Cena V 58
      Cena VI 69
      Cena VII 76
      Cena VIII 79
      Cena IX 81
      Cena X 83
   O protocolo 95
      Cena I 97
      Cena II 105
      Cena III 107
      Cena IV 113
      Cena V 118
      Cena VI 121
      Cena VII 126
      Cena VIII 128
      Cena IX 135
      Cena X 136
      Cena XI 138
      Cena XII 145
      Cena XIII 154
      Cena XIV 156

FUNDAÇÃO ITAÚ

PRESIDENTE DO
CONSELHO CURADOR
Alfredo Setubal

PRESIDENTE
Eduardo Saron

ITAÚ CULTURAL

SUPERINTENDENTE
Jader Rosa

NÚCLEO CURADORIAS E
PROGRAMAÇÃO ARTÍSTICA

GERÊNCIA
Galiana Brasil

COORDENAÇÃO
Andréia Schinasi

PRODUÇÃO-EXECUTIVA
Roberta Roque

AGRADECIMENTO
Claudiney Ferreira

TODAVIA

TRANSCRIÇÃO DE TEXTO
Fernando Borsato dos Santos

COTEJO E REVISÃO TÉCNICA
Marcelo Diego

LEITURA CRÍTICA
Luciana Antonini Schoeps

CONSULTORIA
Paulo Dutra

ASSISTÊNCIA EDITORIAL
Gabrielly Alice da Silva
Karina Okamoto
Mario Santin Frugiuele

PREPARAÇÃO
Jane Pessoa

REVISÃO
Huendel Viana
Erika Nogueira Vieira

PRODUÇÃO EDITORIAL E GRÁFICA
Aline Valli

PROJETO GRÁFICO
Daniel Trench

COMPOSIÇÃO
Estúdio Arquivo
Hannah Uesugi

REPRODUÇÃO DA PÁGINA DE ROSTO
Nino Andrés

TRATAMENTO DE IMAGENS
Carlos Mesquita

© Todavia, 2023
© *organização e apresentação*,
Hélio de Seixas Guimarães, 2023

Todos os direitos desta edição
reservados à Todavia.

Este volume faz parte da coleção
Todos os livros de Machado de Assis.

Dados Internacionais de Catalogação
na Publicação (cip)

Assis, Machado de (1839-1908)
  Teatro / Machado de Assis ; organização e apresentação Hélio de Seixas Guimarães. — 2. ed. — São Paulo : Todavia, 2024. (Todos os livros de Machado de Assis).

  Ano da primeira edição original: 1863
  isbn 978-65-5692-656-8
  isbn da coleção 978-65-5692-697-1

  1. Literatura brasileira. 2. Teatro. i. Assis, Machado de. ii. Guimarães, Hélio de Seixas. iii. Título.

CDD B869.2

Índice para catálogo sistemático:
1. Literatura brasileira : Teatro B869.2

Bruna Heller — Bibliotecária — crb 10/2348

todavia

Rua Luís Anhaia, 44
05433.020 São Paulo sp
t. 55 11. 3094 0500
www.todavialivros.com.br

As edições de base que deram origem aos 26 volumes da coleção Todos os livros de Machado de Assis oferecem um panorama tipográfico exuberante, como atestam as páginas de rosto incluídas no início de cada obra. Por meio delas, vemos as famílias tipográficas em voga nas oficinas de Paris e do Rio de Janeiro, no momento em que Machado de Assis publicava seus livros. Inspirado por esse conjunto de referências, o designer de tipos Marconi Lima desenvolveu a Machado Serifada, fonte utilizada na composição desta coleção. Impresso em papel Avena pela Forma Certa.